Stefanie Carstens
Ohlala, Julia!

Stefanie Carstens

# Ohlala, Julia!

*Südfrankreichreise, Liebe inbegriffen*

Roman

tredition

© 2020 Stefanie Carstens

Verlag und Druck: tredition GmbH, Halenreie 40-44, 22359 Hamburg

Umschlaggestaltung: Stefanie Carstens

ISBN: 978-3-17783-3 (Paperback)

978-3-17784-0 (Hardcover)

978-3-17785-7 (e-Book)

Bibliographische Information der Deutschen Nationalbibliothek: Die Deutsche Nationalbibliothek verzeichnet diese Publikation in der Deutschen Nationalbibliographie; detaillierte bibliographische Daten sind im Internet über http://dnb.d-nb.de abrufbar.

*Für meine drei Jungs*
*In Liebe*

**Kapitel 1**

*Vorfreude ist die allerschönste Freude!*

„Was, das willst du noch anziehen?" fragt mein verschlafen in die Küche schlurfender Sohn und mustert das türkisfarbene Trägerkleid mit Volants, von mir soeben triumphierend aus der schicken Boutique-Tüte gezogen.

„Warum denn nicht?" reagiere ich leicht pikiert und packe das, verglichen mit meiner als Lehrerin sonst eher konservativ-seriösen Berufsaufmachung zugegeben etwas kürzere Kleidchen, schnell wieder ein.

„Naja, ich mein ja nur, in deinem Alter…", murmelt Alex charmant. „Is' keine Milch mehr da?" Er steht, wie üblich, in der weit geöffneten Kühlschranktür, obwohl der schon ordentlich Alarm piept. Es ist zwölf Uhr mittags, er will frühstücken. „Oh Mann, wir haben überhaupt nichts zu essen", stöhnt er verzweifelt.

„Wieso, ich war doch gestern gerade einkaufen."

„Alles nur dieses ungeniessbare Aldi- und Lidlzeug!" Misstrauisch mustert er einen Joghurt. „Ist der abgelaufen?" Diesen Tick hat er von meinem Ex übernommen.

„Ich koch jetzt sowieso gleich was Richtiges zum Mittagessen", lenke ich freundlich ein. Er gibt sich vorerst schmollend mit ein paar Cornflakes zufrieden.

Auf dem Flur begegne ich einem mir unbekannten weiblichen Wesen in bauchfreiem, schwarzen Top mit Totenkopfaufdruck. In ihrem Bauchnabel prangt ein glitzerndes Piercing. Ihr Gesicht ist wegen der darüber fallenden, langen lila Haare nicht deutlich erkennbar. Sonst trägt sie, ausser einem lila Stringtanga, gar nichts. „Das ist Conny", stellt mein Sohn vor. „Kann sie mitessen?" „Na klar", antworte ich, meinem Hotel-Mama-Image entsprechend, pflichtschuldig. „Wo ist eigentlich Julius?"

„Wahrscheinlich bei Aphrodite." Alex streicht sich über seinen, mit 5 mm dunklen Haarstoppeln bedeckten, Schädel. Mein älterer Sohn studiert Politologie und Philosophie, ohne bis jetzt genau zu wissen, welchen Beruf er damit später einmal ergreifen will, hat momentan jedoch Semesterferien. Die Zeit nutzt er vorwiegend für Partys und zum ‚Chillen', um sich von den anstrengenden letzten Monaten zu erholen.

Für Julius, meinen 17-jährigen, jüngeren Sohn, haben gerade die Schulferien begonnen, genau wie für mich. Er verbringt jede freie Minute mit seiner ersten Liebe, Aphrodite, einer Klassenkameradin. Ihren geschichtsträchtigen Namen verdankt sie meinem geschätzten Kollegen Paul, seines Zeichens Geschichtslehrer und begeisterter Anhänger der griechischen Mythologie.

Bevor ich mich in die Küchenarbeit stürze, probiere ich vor dem Schlafzimmerspiegel in Ruhe nochmal mein neues Kleid an, welches ich mir, voller Vorfreude auf unsere lang ersehnte Reise nach Südfrankreich, bei meiner vormittäglichen Shoppingtour geleistet habe.

Ich mustere mich kritisch. Bin ich mit 42 für so was wirklich schon zu alt? Mit meiner Figur bin ich eigentlich nicht unzufrieden, auch meine Beine sind lang und schlank wie früher. Braune, schulterlange glatte Haare mit goldenen Reflexen, grosse, graugrüne Augen, natürlich nicht ohne Fältchen drum herum. Für die Kosmetikerin hat's seit der Scheidung auch nie mehr gereicht... Was mir Kummer macht, ist mein kleines Kugelbäuchlein... Wenn ich nur 200 Gramm zunehme, setzen die sich garantiert nur dort ab...

Ich versuche, den Bauch einzuziehen. Der Ausschnitt des Kleidchens ist vielleicht wirklich etwas zu gewagt? Ach, was soll's, im Urlaub ist das ok.

Ich rufe noch schnell Julius an. Combox, wie meistens, seit er im Status des Frischverliebten ständig auf Wolke 7 schwebt und nur für SIE lebt, die übrige Menschheit, engste Familienangehörige inbegriffen, nimmt er nur noch schemenhaft wahr und hat keinerlei Interesse, mit ihr zu kommunizieren.

Eine Stunde später rufe ich Alex und seine Neuerrungenschaft zum Essen. In Gedanken schon in Frankreich, habe ich Ratatouille und Côtes de Porc aux Herbes de Provence gekocht.

Conny, die jetzt erkennbaren Augen mit dicken schwarzen Balken umrandet, hat inzwischen ihr Outfit noch mit Supermini und löcherigen Netzstrümpfen ergänzt. Sie rümpft misstrauisch das mit einem Ring verzierte Näschen. „Eigentlich esse ich kein Fleisch..." Alex wiederum findet das Gemüse exotisch. „Kein Problem, ich schieb' uns 'ne Pizza rein", beruhigt er sein Schätzchen. Na super...

Ich hoffe im Stillen, dass wenigstens Julius meine Kochkünste zu schätzen weiss, wenn er denn mal kommt. Im nächsten Moment winselt Frau von Bonn, unsere Irish-Setter-Hündin, freudig auf: Julius öffnet die Tür. „Hmm, hier riecht's aber gut! Hab' auch Riesenhunger!" ruft er begeistert. „Gut gekocht, Mami!" Julius nimmt mich in die Arme und schwenkt mich herum. Na, also!

Mit funkelnden Augen schüttelt er seine dunklen Locken und schaufelt sich den Teller randvoll.

„Ich dachte, Verliebte leben von Luft und Liebe?" provoziert der grosse Bruder. Julius ignoriert ihn weltmännisch und lässt es sich munden.

„Geht einer von euch dann bitte noch mit Frau von Bonn?" wage ich zu fragen.

„Kannst nicht du, du hast doch jetzt Ferien", argumentiert Alex schlau. „Ausserdem war ich gestern." Der Hund, ursprünglich seiner, wird selbstverständlich fast ausschliesslich von mir ausgeführt und gefüttert.

„Ich war heute Morgen mit ihr Gassi und jetzt muss ich gleich noch das Auto in den Urlaubs-Check bringen", kontere ich.

Frau von Bonn, meistens zärtlich ‚Bonnie' gerufen, eine leicht neurotische, weil überzüchtete Dame, merkt, dass von ihr die Rede ist und hüpft, durchdringende Winseltöne ausstossend, von einem zum anderen. Sie stammt aus der Zucht derer ‚von Bonn', weil mein Exmann meinte, ohne renommierte Ahnengalerie käme ihm kein Hund ins Haus.

„Na gut, ich geh' später", stöhnt Alex. „Später hat sie auf dem Balkon Pipi gemacht", mahne ich. „Warum haben wir auch keinen Garten mehr…", lamentiert Alex.

„Weil wir nicht mehr in Blankenese wohnen, sondern in Barmbek."

Julius bringt unsere Lage sachlich auf den Punkt. Vor allem für die Jungs war es

anfangs nicht leicht, sich an die neue Wohnsituation im Block zu gewöhnen. Dazu die neuen Schulen, weg von den alten Freunden und nicht mehr der gewohnte Luxus. Wenn meine Söhne ihren Vater auch nur selten zu Gesicht bekommen hatten, da er meistens irgendwo am anderen Ende der Welt auf Geschäftsreise war, so genossen sie doch ein sorgenfreies Leben in unserer Villa an der Elbe. Das alles ist jetzt jedoch einige Jahre her und ich bin dankbar, dass wir uns inzwischen alle an die neue Situation gewöhnt haben und ein mehr oder weniger zufriedenes, wenn auch nicht sorgenfreies Leben führen.

Frau von Bonn muss sich noch 20 Minuten gedulden, bis ihr Herrchen sich mit Märtyrermiene die Leine schnappt

Laut und hysterisch bellend, führt Bonnie einen Freudentanz auf. „Ich bring dann gleich Conny noch zum Bus." So galant kenne ich meinen Ältesten gar nicht!

Conny bringt ein schwaches „Tschüss" zu Stande und entschwebt, Alex auf den Fersen.

## Kapitel 2

*Wie der Herr, so's Gescherr* [1]

„Der Nächste, bitte!" tönt es energisch aus dem Sprechzimmer des Tierarztes. Nanu, das ist doch nicht die sanfte Stimme von Dr. Jensen, unseres betagten und achsobeliebten Doktors?

Frau von Bonn, die knurrend, mit gesträubten Nackenhaaren (und mit eingeklemmtem Schwanz), argwöhnisch einen winzigen Rehpinscher beäugt, will sich trotz aller Überredungskünste meinerseits nicht ins Sprechzimmer führen lassen. Seitdem sie vor zwei Jahren von einem Raser leicht angefahren wurde und dann einige unangenehme Prozeduren beim Tierarzt ertragen musste, hat sie eine panische Angst vor allem, was auch nur im Entferntesten nach Tierarzt riecht, entwickelt. Schon auf der Strasse schnuppert sie argwöhnisch, bleibt auf der Schwelle zur Praxis stocksteif stehen und winselt. Nur mit grosser List und zahlreichen Leckerchen konnte ich sie ins Wartezimmer bugsieren, aber jetzt versagen meine Überredungskünste.

„Also, was ist nun, kommt noch einer?" ertönt es sonor von drinnen.

„Ja, wir sind gleich bei Ihnen", rufe ich und schaffe es, zumindest mit einem Fuss ins Zimmer zu treten, worauf ich erstarre: Ich stehe einem äusserst attraktiven, sehr grossen und breitschultrig gebauten Mann gegenüber, der mich aus leuchtend blauen Augen unter zusammengezogenen, dunklen Augenbrauen hervor, kritisch mustert. Auf meine verwirrte Fra-

---

[1] altes deutsches Sprichwort

ge nach Dr. Jensen antwortet er knapp: "Bin die Urlaubsver-
tretung. Ritter mein Name. Vorwärts bitte, wir haben nicht
den ganzen Tag Zeit." Ich versuche, der charmanten Aufforderung Folge zu leisten. „Komm schon, Frau von Bonn",
schmeichle ich, „nachher kriegst du noch was ganz Feines."
„Sind Sie in Begleitung?" Herr Doktor blickt den Flur entlang.

„Nein, so heisst mein Hund", erkläre ich. Flackert da kurz ein
belustigtes Funkeln in seinen Augen auf? „Dann bringen Sie
Ihre Frau von Bonn mal rein. Was fehlt der Dame denn?" Mit
aller Kraft schiebe ich die in ihrer Panik dreimal so starke
Bonnie durch die Tür.

„Nur die Tollwutimpfung", keuche ich, „wir verreisen nächste
Woche nach Südfrankreich."

„Nächste Woche? Und da kommen Sie jetzt erst?"

„Ja, ich war so im Stress", stottere ich, " ich dachte… also, Dr.
Jensen hat in solchen Fällen immer ein Auge zugedrückt und
die Impfung vordatiert."

Dr. Ritter - wie treffend der Name doch ist, durchfährt es
mich - betrachtet mich und meinen Hund wortlos und mit
undurchdringlicher Miene. Er hat schöne, schwarzgewellte
Haare…

„Dann heben Sie sie bitte auf den Tisch!" befiehlt er. Bonnie
geht rückwärts, heult auf und wehrt sich mit allen Kräften.
Statt mir behilflich zu sein, den schweren Hund zu packen und
hochzuheben, verharrt Dr. Ritter reglos, beobachtet jedoch
interessiert meinen Kampf mit dem Hund. Wenn er auch im-
posant wie ein Ritter wirkt, ritterlich ist er nicht.

Als ich Bonnie fast am Tisch habe, windet sie sich in einem letzten, verzweifelten Aufbäumen aus dem Halsband, flieht Richtung Tür und versucht, letztere zu öffnen, ein Kunststück, das sie gut beherrscht. Ich hechte ihr gekonnt nach und verhindere gerade noch die Flucht aus dem Zimmer. Inzwischen bin ich schweissgebadet, meine Frisur ist keine mehr und ich fühle mich den Tränen nahe. Wie peinlich, und das alles vor diesem selbstherrlichen Schönling... Vor Scham möchte ich im Erdboden versinken.

„Die Hysterie des Hundes hat immer mit dem Besitzer zu tun. Ist der nervös, überträgt sich das sofort", stellt Herr Doktor lakonisch fest.

„Ich bin von Natur aus ruhig und ausgeglichen", wage ich einzuwenden. Der Kerl schüchtert mich richtig ein!

„Auch innerlich?" Ist der etwa auch noch ein verkappter Psychologe? Wieder meine ich, ein ironisches Aufblitzen in seinen Augen zu entdecken. Macht der sich über mich lustig?

„Wie der Herr, so's Gescherr!" trumpft er da salbungsvoll auf. Jetzt kommt er auch noch mit Sprichwörtern, so was konnte ich noch nie leiden!

Total geschafft und ebenso derangiert wie demoralisiert versuche ich verzweifelt, die sich windende Bonnie wieder ins Halsband zu zwängen. Wie sie mir Leid tut! Schliesslich schaffe ich es, sie in eine Ecke zu drängen.

„Bitte, könnten Sie nicht einfach hier schnell, die Spritze?" bettele ich, alle Selbstachtung über Bord werfend, am Ende meiner Nervenkraft.

„Dann halten Sie sie gefälligst gut fest!", lässt sich Herr Neunmalklug herab und kommt endlich mit seiner Spritze, die Bonnie in ihrer Panik tatsächlich gar nicht mitbekommt.

„Übrigens", das ist die Krönung seiner belehrenden Reden, „das mit dem Vordatieren geht nur klar, weil Dr. Jensen es angeblich so macht, das verstösst gegen mein Prinzip. Den Impfausweis können Sie dann vorn bei meiner Assistentin nachtragen lassen."

Am Ende meiner Kräfte verlasse ich mit der mich freudig Richtung Auto zerrenden Bonnie die Praxis. So ein aufgeblasener, unsympathischer Besserwisser! Bonnie springt an der Autotür hoch und versucht sie zu öffnen. Auf einen Kratzer mehr oder weniger kommt es bei meinen alten Ford Mondeo nicht mehr an, denke ich resigniert und lasse Bonnie auf den Rücksitz springen.

**Kapitel 3**

*Pack die Badehose ein, nimm dein kleines Schwesterlein, und dann nischt wie raus nach Wannsee...* [1]

Erschöpft sitze ich auf dem Sofa, ein Glas Rotwein vor mir, die lang ausgestreckte Bonnie neben mir. Sie ist ebenso geschafft wie ich und hat den Kopf auf meinen Schoss gelegt. „Unser Herr Superveterinär hätte seine helle Freude an dir, du unerziehbarer Hund", murmele ich zärtlich und kraule Bonnie hinter dem Ohr.

„Mami? Mit wem sprichst du? Kochst du noch was?" Alex stürmt ins Zimmer und stört uns aus unserem friedlichen Tête-à-Tête auf. Er betrachtet die Sofa-Idylle und ruft vorwurfsvoll: „Also Mami, du trinkst am helllichten Nachmittag?" Und, mit einem Seitenblick auf Bonnie und zischendem Unterton: "Runter vom Sofa, Frau von Bonn!" Seit Alex dem Kindesalter entwachsen ist, übernimmt er gern die Rolle des väterlichen Erziehers, wahrscheinlich, um den fehlenden Mann im Haus zu ersetzen.

„Wir waren beim Tierarzt", erkläre ich und blicke schuldbewusst, wie ein kleines Schulmädchen, zu meinem Sohn auf. Das Klingeln des Telefons erlöst mich von weiteren Ermahnungen. „Bitte, geh du. Kann im Moment mit niemand sprechen."

Alex nimmt ab. Aus seinen einsilbigen Antworten errate ich sofort, wer dran ist. „Ja. ...Ja.... Nee, alles bestens.... Muss noch zwei Seminararbeiten fertigmachen." Das waren die

---

[1] Cornelia Froboess, deutsche Schlagersängerin, 1951

Standardfragen, wie es denn mit dem Studium laufe. „Nee, der ist beim Aphro. Äh, bei Aphrodite, verbessert er sich schnell, wohl wissend, was sein Vater sonst wieder falsch verstehen könnte. Kurze Pause. „Ja, die ist hier." Alex ignoriert mein gestenreiches, verzweifeltes Abwinken und stummes „Neiiin!" und reicht mir den Hörer.

„Hallo, Julia. Ich hab' gehört, ihr verreist nächste Woche."

„Danke der Nachfrage, ich hoffe, dir geht es auch gut."

Heute fühle ich mich nicht mehr zum Austausch höflicher Floskeln in der Lage.

Hanno überhört meine Ironie und fährt fort: „Sag mal, ist alles in Ordnung bei euch? Hat Alex was getrunken? Er schien mir so verwirrt."

Ich betrachte das Rotweinglas in meiner Hand und kichere hilflos.

„Der Alex?" „Julia, das ist nicht witzig. Pass bitte in Frankreich auf die Jungs auf. Du weisst, wie anfällig Jugendliche in dem Alter sind. Ich sage nur Drogen."

„Unsere Söhne nehmen keine Drogen", stelle ich mit Überzeugung fest.

„Das haben schon viele Eltern gedacht, die erfahren es immer zuletzt", orakelt mein Ex. „Achte also in Frankreich auf ihren Umgang und lass sie nicht die ganze Nacht in der Disco abhängen. Und Julius soll mich bitte noch zurückrufen. Der ist ja wohl überhaupt nicht mehr zu Hause. Hast du überhaupt noch den Überblick, wo er sich aufhält?"

„Ja, bei seiner Freundin", entgegne ich.

„Sag mal, verhütet die - äh- Aphrodite, was ist das überhaupt für ein Name, eigentlich? Nicht auszudenken, wenn da was passieren würde. Da musst du wirklich mal durchgreifen." Damit legt er auf. Der hat auch schon bessere Umgangsformen gehabt...

Die Eingangstür öffnet sich, Julius! „Hast du immer Schwein, gerade hat Papi angerufen, informiert Alex seinen Bruder.

„Du möchtest ihn bitte noch zurückrufen", ergänze ich.

Julius stöhnt. „Ja, nachher dann..." Zu mir gewandt, mit seinem üblichen Charme: „Mamilein, du wäscht vor Frankreich doch noch alles?! Alle meine Klamotten sind schmutzig."

„Ja, ich hab' auch nichts mehr anzuziehen. Du hast ja jetzt Zeit, nicht?" kommt es von Alex.

Heute ist definitiv nicht mein Tag. Warum glauben eigentlich alle, ich hätte in meinen Ferien nichts Besseres zu tun, als lästige, überfällige Haushaltsarbeiten zu erledigen und andere Besorgungen, vor denen sich alle drücken? Ich beschliesse, mich nach dem Essen in die Badewanne zu legen und anschliessend eine meiner Lieblings-DVDs zu gucken. Schliesslich habe ich ja Ferien!!

Wie sollen wir das bloss alles ins Auto kriegen? Ich raufe mir die Haare. Ich stehe in meinem Schlafzimmer, inmitten eines grandiosen Chaos', bestehend aus Kleidern, Kosmetikartikeln, Büchern, Strandmatten, Sonnenschirmen, Picknickkörben, Reitstiefeln, Sonnenhüten, dem Hundekörbchen und gefühlten 1000 anderen Kleinigkeiten, die alle absolut unentbehrlich für den perfekten Familienurlaub sind.

Es klingelt an der Tür. Frau von Bonn bellt, wie immer, undamenhaft laut. Auch das noch, meine Mutter! Wie aus dem Ei gepellt, mit grauem Pepita-Kostüm und dauergewellten Haaren mit modischer Blautönung, rauscht sie herein. Bonnie springt an ihr hoch. „Bitte, halt mir doch dieses Tier vom Leib! Ich wollte euch nur schnell eine gute Reise wünschen, du meldest dich von allein ja nicht."

Sie wirkt wie ein einziger lebender Vorwurf... „Tut mir Leid, Mutti, aber du siehst doch, was ich noch alles zu tun hab'."

„Du musst eben besser organisieren und nicht alles auf die letzte Minute verschieben. Wir wollten doch auch endlich mal wieder in den Alsterpavillon, schön Kaffee trinken. Oder nach Planten un Blomen zu den Wasserlichtspielen."

Sie schenkt mir den typischen Falkenhorst-Blick, gleichzeitig missbilligend und beleidigt. „Dabei hast du doch jetzt Ferien."

Jetzt fängt die auch noch an! „Mutti, ich hatte noch ganz viel zu erledigen, aber wenn wir zurück sind, machen wir das, versprochen"

Meine Mutter mustert mich seufzend. Ich trage meine Wohlfühlklamotten, verwaschene Jeans und ein etwas löcheriges, weites T-Shirt.

„Ach, Julchen, du siehst schlecht aus. So findest du nie wieder einen Mann. Du solltest wirklich mehr aus dir machen. Du könntest vielleicht mal eine Rottönung ausprobieren? Oder eine schöne Dauerwelle?"

„Im Moment hab' ich alles andere als Männer im Kopf", entgegne ich etwas eingeschnappt. „Guck dich doch um, ich weiss nicht, wo mir der Kopf steht."

„Der Hanno mag ja seine Fehler gehabt haben, unkultiviert wie er war. Ich weiss noch, wie er Pfirsiche immer über dem Ausguss gegessen hat. Aber wenigstens hat er gut verdient und ihr hattet ein sorgenfreies Leben", nimmt sie unbeirrt den Faden wieder auf. Verlieb' dich in Frankreich bloss nicht wieder in den Falschen, wie du das so gern machst."

„Ich möchte mit dir jetzt wirklich nicht meine vergangenen oder möglichen zukünftigen Beziehungen diskutieren", versuche ich die mütterliche Predigt in beherrschtem Ton zu beenden, obwohl ich innerlich fast platze. Vielleicht hatte der Hobbypsychologe Dr. Ritter doch Recht?

„Männer kennen lernen ist gar nicht so schwer", tut sie jetzt kund. „Sogar ich habe eine reizende Bekanntschaft gemacht."

Ich traue meinen Ohren kaum. „Du? Wo denn? Und wie?" Meine Mutter ist seit 12 Jahren verwitwet und hatte nie etwas mit Männern im Sinn.

„Im Internet. Damit müsstest du als moderne Frau dich doch auskennen. Hartmut ist General a. D. und ein vollendeter Gentleman. So was kennt ihr heutzutage gar nicht mehr. Oder wann hat dir zuletzt mal ein Mann die Autotür aufgehalten?"

Ich muss zugeben, dass mir das möglicherweise noch nie passiert ist. „Warum lässt du dich dann nicht von deinem Hartmut zu den Wasserspielen ausführen?" Diese Bemerkung kann ich mir nicht verkneifen.

„Kind, nichts und niemand kann das eigene Fleisch und Blut ersetzten", predigt Mutti salbungsvoll.

Es dauert noch fast eine Stunde, bis ich meine Frau Mama endlich abwimmeln kann. Wir wollen doch morgen in aller Frühe los, wie soll ich das nur schaffen?

**Kapitel 4**

*Wenn einer eine Reise tut, dann kann er was erzählen* [1]

Hurra, endlich geht's los! Auch wenn wir, statt wie vorgesehen um 6 Uhr morgens, frisch und in der Morgenkühle, unsere lange Fahrt antreten, stehen wir immerhin um 8 Uhr abfahrbereit ums Auto versammelt vor dem Haus. Die halbe Nacht war ich damit beschäftigt, alles ein- und mehrmals wieder umzupacken. Entsprechend geschafft fühle ich mich jetzt, aber das Reisefieber versorgt mich mit ausreichend Adrenalin, der Fahrt freudig entgegenzusehen. Mit viel Geschick haben wir die vielen verschiedenen Gepäckstücke ins Auto gequetscht. Frau Piepenbrink, unsere herzensgute, ältere Nachbarin, ist angetreten, uns zum Abschied zu winken.

„Denn fahren Sie man bloss vorsichtig, Frau Hansen", ermahnt sie mich. „Bei den vielen Verrückten auf der S-trasse, und die Franzosen sollen ja man auch ziemlich forsch rasen. Und keine Sorge von wegen die Blomen, um die kümmer' ich mir." Ich umarme Frau Piepenbrink und bedanke mich nochmals.

„Da kommt ja auch die Lütte!" Unsere Nachbarin deutet auf Aphrodite, die um die Ecke gehetzt kommt, in letzter Minute, wie meist. Diese Eigenschaft hat sie mit mir gemein... Sie ist mit einer unförmig-riesigen Reisetasche beladen. Wie wir die noch ins Auto kriegen sollen?

Julius versinkt in einer minutenlangen Umarmung mit seiner Geliebten. Zum Glück darf sie mit uns in die Ferien fahren,

---

[1] Mattias Claudius, 1740-1815

sonst wäre mein Sohn garantiert zu Hause geblieben. Ich beglückwünsche mich selbst zu meinem taktisch-schlauen Manöver.

„Beeilung", knurrt Alex, „Du kannst dein Schätzchen auf der Fahrt weiter abknutschen."

Natürlich müssen wir fast alles wieder aus- und umräumen, um

Didis Reisetasche auch noch unterzubringen. Frau Piepenbrink reicht mir ein Päckchen, in Butterbrotpapier eingewickelt.

„Da sind noch ein paar S-tullen, die Jungs kriegen doch Hunger, und auf der Autobahn is alns so teuer." Gerührt bedanke ich mich und frage mich im Stillen, wie wir den ganzen Proviant verzehren sollen. Unser Picknickkorb ist randvoll.

„Alles einsteigen!" brüllt Alex ungeduldig. Er sitzt vorn neben mir, das händchenhaltende Liebespärchen mit Frau von Bonn hinten. Hupend und winkend fahren wir an, Frau Piepenbrink wedelt mit einem rotkarierten Herrentaschentuch. Ihr „Tschühüüüüss!" ist noch weithin hörbar.

Ja, tschüss Nieselregen und grauer Himmel, Camargue, wir kommen!

Hamburg, Hannover, Kassel, Frankfurt, die Reise, bei sengender Sonne, nimmt kein Ende... Trotz Klimaanlage leiden wir unter der auf die Scheiben knallenden Sonne.

Natürlich brauchen die Jugendlichen, trotz selbst hergestellter, delikater Sandwiches und etlicher mitgenommener Getränke noch Fast-Food Unterstützung und kalte Drinks (statt der inzwischen lauwarmen, also wirklich, Mami!), sodass schon bald der erste Stopp- es sollte nicht der letzte bleiben- eingelegt werden muss... Dabei muss auf den Raststätten immer erst abgecheckt werden, ob kein anderer Hund in der Nähe ist, damit Frau von Bonn in Ruhe ihr Geschäft verrichten kann.

Vor Frankfurt stehen wir lange im Stau, die Stimmung sinkt. „Mann, mach dich nicht so dick!" murrt Julius und knufft Bonnie, die daraufhin beleidigt den nächsten Teil der Reise stehend und nach vorne, zwischen die beiden Vordersitze ragend, zurücklegt. Ihre lange, hechelnde Zunge ist dabei etwa 10 cm von meinem Gesicht entfernt. Von aussen betrachtet, jedenfalls von rechts, muss es fast aussehen, als ob ein Hund fahren würde. Als sie sich endlich wieder hinlegt, benutzt sie den CD-Fachdeckel zwischen den Sitzen als Kopfablage. Aus dieser Position löst sie sich nur, wenn in einem anderen Auto ein Hund erkennbar ist. (Und dann heisst es, Hunde haben schlechte Augen...) Dann bellt sie tief und maskulin, direkt in mein Ohr, und kratzt geifernd an der Scheibe.

Endlich löst sich der Stau auf, wir erreichen Karlsruhe, aber bis wir in Basel ankommen, ist es 21 Uhr. Mir tun der Nacken und die Schultern weh, da hilft auch Julius' freundliche Massage von hinten nicht mehr viel.

Erschöpft beschliessen wir, in Basel, statt wie geplant, in Lausanne bei einer alten Freundin zu übernachten, was ich wirklich bedaure. Sabine ist vor fünfzehn Jahren, wegen eines Mannes (natürlich!) in die Schweiz gezogen. Inzwischen haben sie sich getrennt und Sabine lebt mit einem Bernhardinerhund auf einem alten Bauernhof. Schon allein deshalb hätte ich dort gern Zwischenstation gemacht, muss ich doch an jeder Schafweide anhalten und verzückt die Bocksprünge der jungen Lämmer betrachten oder auch mit jungen Kälbern freundlich sprechen, wobei Bonnie mich dann argwöhnisch und eifersüchtig beobachtet. Sogar Hühnern schnalze ich zu(!)... Falls einer meiner Söhne zufällig dabei ist, findet er das natürlich total peinlich („Ich kenne diese Frau nicht!"). Ich beschliesse, den Besuch bei Sabine auf alle Fälle bei der Rückfahrt nachzuholen.

**Kapitel 5**

*Grüezi wohl, Frau Stirnimaa!* [1]

„Hoffentlich finden wir 'ne billige Pension", murmele ich. „Papi ist immer ins *Baur en Ville* gegangen, wenn er hier auf Geschäftsreise war!" ruft Julius von hinten. „Vergiss es", wirft Alex lakonisch ein, „für uns liegt höchstens die Jugendherberge drin." Die Idee finde ich gar nicht so schlecht, aber wie finden wir die jetzt mal so eben? „Das kommt davon, wenn man kein Navi anschaffen will!" „Lass nur, Julius, den Weg nach Saintes-Maries kenne ich nun wirklich auswendig!" rechtfertige ich mich, obwohl ich ihm im Stillen Recht gebe. Warum bin ich manchmal so halsstarrig und altmodisch?

Die Suche nach einer Unterkunft erweist sich tatsächlich schwieriger als gedacht, zumal wir die Stadt nicht kennen und es von Einbahnstrassen wimmelt. Die zwei Pensionen, wo wir nach einem Zimmer fragen, und sogar ein teuer aussehendes Hotel sind bereits komplett. In einer kleinen Seitengasse entdecken wir schliesslich ein Schild mit der verschnörkelten Aufschrift *Familienpension Rosmarie.*

Hoffnungsvoll gehen Alex und ich fragen. Im Eingangsbereich steht ein abgenutztes Plüschsofa, davor steht ein Plastiktisch-offenbar die Rezeption. Auf dem Tisch befindet sich ein Glöckchen, wie es der Weihnachtsmann bei uns benutzt. Wir klingeln. Nach längerem Warten kommt ein altes Mütterchen in Filzpantoffeln angeschlurft. Sie trägt einen rot geblümten Morgenrock, um den sie eine lila Schürze gewunden hat. In den Haaren stecken Lockenwickler. Die Frau erinnert mich an

---

[1] Kassenschlager der Schweizer Gruppe "Minstrels" 1970

eine französische Concierge. Grusslos mustert sie uns misstrauisch, wobei sie von mir zu Alex und wieder zu mir schaut. Denkt sie etwa, das ist mein jugendlicher Liebhaber, mit dem ich hier eine Absteige suche?!

„Das ist mein Sohn und zwei andere Kinder warten im Auto", versuche ich ihr Misstrauen zu besänftigen. "Haben Sie vielleicht ein grosses Familienzimmer frei?" „So grossi Zimmer git's bi eus nit." entgegnet die Schweizer Concierge. Sie gibt uns zu verstehen, dass wir zwei Doppelzimmer à 120 Fränkli nehmen müssten, ohne Frühstück, wohlgemerkt...

Fast so viel wie unser Haus in der Camargue für eine Woche stöhne ich innerlich, aber was bleibt uns anderes übrig?

Eine weitere Klippe ist, wie hätte es anders sein können, Bonnie.

„Gopfriedstutz, en Hund au no? Und erst no so en grosse Cheib!"[1]

Ich beeile mich, zu versichern, dass der Hund ja so brav und wohlerzogen sei und wir selbstverständlich ein Körbchen dabei hätten.

Bonnie setzt sich vor den Plastiktisch und beginnt, sich ausgiebig zu kratzen. „Hät de öppe no Flöh?"[2] „Oh nein, sie sass nur lange im warmen Auto", versuche ich Frau Concierge zu beschwichtigen.

---

[1] "Oh mein Gott ein Hund auch noch! Und dann noch so ein grosser Bursche!"
[2] "Hat der etwa auch noch Flöhe?"

„Frau Stirnimaa denkt, Bonnie hat Flöhe", zischt Julius empört Didi zu.

Strafend mustert die Dame nun das, wie stets, Händchen haltenden Pärchen.

„Gschwüsterti sind das au chuum? Na, goht mi ja nüt ah..." [1]

Seufzend reicht uns Frau Rosmarie gnädig zwei Schlüssel, nicht ohne Bonnie weiterhin skeptisch zu beäugen...

Auf meine schüchterne Frage, ob wir wohl irgendwo noch eine Kleinigkeit zu essen bekommen könnten, wiegt sie bedenklich das Haupt, dass die Lockenwickler klappern. „Z' Nacht am zähni? Das chönnt schwierig werde...".[2]

Wir machen uns also selbst auf die Suche. Schräg gegenüber ist ein Restaurant, was aber schon geschlossen hat. Das nächste ist eine Pizzeria, in der noch einige Tische besetzt sind. Aber wir werden enttäuscht. „Tut mir Leide, Signora, aber die Kuche iste schon geschlosse." Trotz des Akzents verstehen wir den jungen Italiener besser als Frau Rosmarie...

Nach weiteren 20 Minuten erfolgloser Suche winkt unsere Rettung: „Mami, eine Kebab-Bude!" schreit Alex begeistert. Und wirklich, die servieren sogar noch alles, nur Bonnie darf nicht mit rein. Drinnen sitzen mehrere ältere Türken und trinken Tee, draussen stehen aber auch zwei wacklige Tische mit Plastikstühlen. Dankbar fallen wir über die Kebabs her, die uns besser schmecken als jedes Feinschmeckermenü, so ausgehungert sind wir.

---

[1] "Geschwister sind das auch kaum? Na, geht mich ja nichts an..."
[2] "Nachts um 10? Das könnte schwierig werden…"

„Mami, du hast da was", deutet Alex auf mein verschmiertes Kinn. Natürlich, Kebab zu essen, ohne mich dabei immer wieder mit Sauce zu beschmieren, werde ich nie lernen. Schon mein Ex machte immer dieselbe Bemerkung. Wie werde ich den Mann lieben, der mich meinen Kebab mit Genuss essen lässt und mir erst danach den verschmierten Mund putzt...

Auf dem Rückweg zur Familienpension verspürt Frau von Bonn ein lang unterdrücktes, dringendes Bedürfnis, das sie am Rand des Bürgersteigs erledigt. Leider habe ich kein Plastiksäckchen dabei, tue, als hätte ich nichts bemerkt und gehe weiter.

„Sie!" ertönt da eine böse Stimme von oben, offenbar aus einem Fenster im 1. Stock. „Wend Sie die Sauerei da eifach ligge loh? Das git ä schöni Buess!" [1]

Erschreckt erkläre ich, ich hätte gerade nichts dabei, würde aber umgehend zurückkehren und das Häufchen entfernen.

„Dät ääne hät's grad en Robidog!" [2] ertönt es von oben und eine Hand deutet auf die Strassenecke gegenüber. Dann hören wir es noch murmeln, diesmal auf Hochdeutsch: „Das können Sie vielleicht in Deutschland so machen, aber wir sind hier in der Schweiz!"

Das haben wir gemerkt... Eingeschüchtert laufe ich über die Strasse, hole mir ein Plastiktütchen und beseitige das Geschäft. Erfahrungsgemäss erledigen meine Herren Söhne ‚so was Ekliges' sowieso nicht. Wohlgemerkt, auch ich finde es

---

[1] "Wollen Sie die Sauerei da einfach liegen lassen? Das gibt eine schöne Busse."
[2] "Da drüben gibt es einen Robidog."

nicht korrekt, wenn Hundehalter die Hinterlassenschaften ihrer Lieblinge einfach mitten auf dem Gehweg liegen lassen, aber ich mag Mitbürger nicht besonders, die sich zu kleinen Polizisten ernennen und glauben, alle anderen erziehen zu müssen. Ausserdem macht bekanntlich der Ton die Musik, und dieser war höchst unfreundlich. „Für heute reicht's", seufze ich erschöpft. „Ich will nur noch ins Bett."

Es handelt sich bei selbigem um ein grosses, sauberes Schweizer Doppelbett, in das ich kurz darauf dankbar sinke. Die Wände des Zimmers sind mit einer abblätternden, rosafarbenen Tapete bedeckt, auf dem Boden passende, grossgeblümte Teppiche, die auch schon bessere Zeiten erlebt haben. Bonnie kuschelt sich brav ins Körbchen.

„Voll ätzend, mit meiner Mutter in einem Zimmer und auch noch im Doppelbett..." kann sich Alex nicht verkneifen, sich noch zu beklagen. Was ihn nicht hindert, in kürzester Zeit schnarchend neben mir zu liegen.

## Kapitel 6

*La vie en rose* [1]

Ohne Bedauern und ohne Frühstück verlassen wir gegen 8 Uhr die gastliche Rosmarie-Stirnimaa. Nach unruhigem Schlaf fühle ich mich wie zerschlagen, auch die Jugendlichen dösen im Auto vor sich hin. Wir trinken an der ersten Autobahnraststätte Kaffee und kommen flott vorwärts.

Über Bern und Lausanne erreichen wir den Kanton Vaud und fahren am Genfer See - oder auf Französisch Lac Léman - entlang. Die sanft gewellte Landschaft beginnt lieblich zu werden. Mit Weinreben bedeckte Hügel neigen sich dem in der Sonne glänzenden See zu. Schon die Namen der pittoresken Dörfer lassen einen den Geschmack der hier produzierten, köstlichen Weinsorten fast auf der Zunge spüren: Mont-sur-Rolle, La Côte, Saint Saphorin, Lavaux...

Ich schwelge schon in Vorfreude auf meinen ,Côtes de Provence' und komme langsam wieder in Ferienstimmung. Endlich nichts als Sonne und Meer, Ausschlafen, kein Stundenplan, keine Klassenarbeiten mehr korrigieren und meine strapazierte Stimme schonen - nach einem Tag Unterricht mit meinen lebhaften Klassen bin ich abends oft stockheiser.

Und natürlich reiten! Obwohl ich seit der Scheidung nur noch unregelmässig, meistens im Urlaub, dazu komme, hab' ich's noch nicht verlernt. Reiten war - und ist - viel mehr als ein blosses ,Hobby' für mich, weil Pferde seit meiner Kindheit

---

[1] Das Leben in Rosarot, Liebeslied von Edith Piaf, 1945

immer ein wesentlicher Bestandteil meines Lebens waren und mich einfach glücklich machen.

In Genf passieren wir die Grenze, ohne jegliche Zollformalitäten. Die Beamten nehmen keine Notiz von unserem mit zahlreichen Kratzern und Beulen versehenen und damit echt französisch aussehenden Ford, den vom letzten Jahr her schon ein Camargue-Aufkleber mit Stieren und Pferden ziert.

„Allons enfants de la patrie..." stimmt Alex in voller Lautstärke die französische Nationalhymne an und Julius ruft: „Vive la France!" aus dem Fenster. Didi kreischt, Bonnie kläfft und ich bekomme einen Lachanfall.

In gehobener Stimmung durchfahren wir die wild zerklüftete, einsame Gebirgslandschaft der ‚Franche-Comté'. Weit unten erblicken wir den ‚Lac de Nantua', einen grün glänzenden Gletschersee, der wie ein Smaragd in die tiefen Schluchten eingelassen wirkt. Es herrscht wenig Verkehr, bis wir die Vororte von Lyon erreichen. Hier muss ich mich konzentrieren, um bei den vielen Umgehungsautobahnen nicht die Abzweigung Richtung Marseille zu verpassen. Geschafft, endlich fahren wir auf der ‚Autoroute du soleil', quasi der Sonne entgegen, nun geht es nur noch nach Süden...

Aus dem Autoradio, wir hören den Sender ‚Radio Nostalgie', ertönt Edith Piaf mit ihrem unvergessenen ‚La vie en rose'.

„Quand tu me prends dans tes bras..." singe ich mit.

„Manno, das is' ja nich' zum Aushalten!" stöhnt Alex. Ich weiss nicht, ob das Lied gemeint ist oder mein Gesang - wahrscheinlich beides.

„Schmeiss doch mal 'ne CD mit normaler Musik rein!" Mit 'normal' meint er wahrscheinlich seinen geliebten Rap oder wenigstens Heavy Metal. Sein Vorhaben wird jedoch von Bonnie verhindert, die das CD- Fach wieder als Kopfablage benutzt.

„Sie schläft doch gerade so schön", wende ich ein.

„Dann mach wenigstens 'n anderen Sender rein!" verlangt Alex.

Wir einigen uns auf ‚Radio Traffic', den Verkehrssender, so werden wir wenigstens über aktuelle Staus und Unfälle informiert. Was uns jedoch nicht viel nützt, wie wir alsbald feststellen müssen, denn schon sehen wir vor uns zahlreiche Warnblinkanlagen aufleuchten (da sind die Franzosen vorbildlich) und stehen am Ende eines gigantischen Staus. Weiter geht's mit 10km/h...

Dann kommen wir eine Weile wieder gut voran, bis vor der nächsten *Péage* erneut die Warnblinkanlagen leuchten. In der Hochsaison sind die zahlreichen ‚Bezahl-Stationen' auf der Autobahn ein echtes Verkehrshindernis. Es dauert fast eine halbe Stunde, bis wir durch die Schranke fahren können.

Dafür staune ich immer wieder über die höflichen Hinweise auf der Autobahn. Während es in der Schweiz im Befehlston hiess: „Licht an!", wird hier im Stil einer Empfehlung darum gebeten, vor dem Tunnel doch nicht zu vergessen, das Licht anzuschalten.

Es ist fast Mittag und glühend heiss, als die Jugendlichen, nach 45 Minuten im Stau, bei der nächsten Raststätte einen ‚Mc Do' sichten (die Kinder haben die Vorliebe der Franzosen für Abkürzungen übernommen, so wird nicht nur ‚Mc Donald's' zu ‚Mc Do', sondern auch ‚Restaurant' zu ‚Restau', ‚sympatique' zu ‚sympa', um nur einige Beispiele zu nennen). Wir fahren also aus. Für Bonnie ist es auch mal wieder höchste Zeit. Ausgehungert nach Big Macs sausen die Kinder Richtung Fast-Food-Paradies los.

Ich lasse die hechelnde Bonnie aussteigen. Leider habe ich jedoch einen winzigen Yorkshire-Terrier übersehen, kein Wunder, denn er ist nicht viel grösser als ein Eichhörnchen. Mit einer wilden Drehung reisst Bonnie so abrupt an der Leine, dass sie es schafft, sich aus dem Halsband zu winden.

Mit Furcht erregend gesträubtem Nackenhaar rast sie laut bellend auf das winzige Hündchen zu. Leider kann die Besitzerin des Winzlings nicht ahnen, dass bei Bonnie das Sprichwort ‚Hunde, die bellen, beissen nicht' voll und ganz zutrifft, noch nie hat sie einem Lebewesen etwas angetan. Die füllige Dame in rosafarbenen, hautengen Shorts mit passendem lila Top hebt erschreckt ihr Hündchen auf, und, weil Bonnie sie anspringt, hält sie das Tier hoch über ihren Kopf. Dabei dreht sie sich auch noch im Kreis und schimpft in einer mir unverständlichen Sprache, es klingt wie Holländisch, auf Bonnie ein.

Ich hechte hinterher und versuche, meinen Hund zu ergreifen. Vergeblich! Bonnie rennt auch im Kreis, ich hinterher, wie in einem Dreierkarussell...

„Please stop, then I can catch her!" rufe ich, aber meine Worte dringen nicht zu der panikerfüllten Dame durch. Jetzt erscheint ihr Mann und fängt an, mit dem Fuss nach Bonnie zu treten(!)... Zum Glück taucht in diesem Moment Alex auf.

Zusammen gelingt es uns, Bonnie einzukreisen. Alex packt sie am Schlafittchen, ich streife ihr das Halsband über.

Der erboste Eichhörnchen-Besitzer-Ehemann zischt: „Dangerous beast!" und droht noch etwas von „Police...". Entschuldigungen stammelnd ziehen wir uns schleunigst zurück. Soll das in diesem Urlaub unser Schicksal sein? Dauernde Androhungen von Bussen oder Polizei wegen der doch im Grunde so sanften Bonnie? Die Ferien fangen ja gut an...

Die Jugendlichen lassen sich die Stimmung jedoch nicht verderben, sondern machen sogar Witze über ‚die gestörte Alte'. Dabei lassen sie sich ihre Big Macs schmecken. Ich möble mich mit einem doppelten Espresso auf. Schultern und Nacken beginnen vom langen Fahren zu schmerzen und ich sehne unsere Ankunft herbei.

Der Stau hat sich inzwischen zum Glück aufgelöst.

Nach einiger Zeit taucht in Fahrtrichtung rechts das berühmte Monument „Porte du Soleil" auf, eine gigantische, in Stein gehauene Sonnenuhr. Jetzt beginnt wirklich der Süden! Malerische Dörfchen, die Häuser mit roten Ziegeldächern, betten sich in die hügelige Landschaft, silbrig schimmernde Olivenbäume wechseln sich mit schlanken Zypressen ab - Provence! Auch die Namen der Orte sprechen wieder für sich: Nach Vienne und Valence erreichen wir Montélimar (man meint das Nougat, für das dieser Ort berühmt ist, auf der Zunge zergehen zu fühlen), dann wird schon Orange angezeigt (ich rieche direkt den feinen Duft der Orangenblüten) ...

Links der Autobahn erblicken wir das in den Fels gehauene, mittelalterliche Dorf Mornats, leider kann ich als Fahrerin nur einen kurzen Blick auf die alten Stadtmauern erhaschen.

Kurz vor Orange biegen wir rechts ab auf die A9, La Languedocienne (wieder so ein wunderschöner Name...), Richtung Nîmes, endlich! Unser Ziel scheint in erreichbare Entfernung gerückt zu sein! Die Landschaft wird wildromantisch und zerklüftet. Rote Erde, mit wild duftendem Ginster bewachsene Felsen und manchmal, weit unten, eine Ahnung vom Meer!

„Wisst ihr, dass Cézanne in dieser Gegend viele seiner Bilder gemalt hat?" wende ich mich an die Kinder. „Und auch Monet, mein Lieblingsmaler und einer der Begründer des Impressionismus." „Jaja, Frau Lehrerin..." ertönt es gelangweilt von hinten. Ich gebe es auf, den kleinen Kulturbanausen noch weiter von den berauschenden Farben und dem herrlichen Licht vorzuschwärmen.

Eine letzte Sehenswürdigkeit vor Nîmes ist die gigantische, sehr moderne Sonnenuhr bei der Raststätte Tavel-Nord, die wir bei früheren Reisen schon besichtigt haben.

Endlich taucht die Peripherie von Nîmes vor uns auf und die Abzweigung Richtung Camargue. Uff, bald sind wir am Ziel, höchstens noch eine knappe Stunde... Die Landschaft wird zusehends flacher und unendlich weit.

„Wollen wir spielen, wer das erste weisse Pferd und den ersten schwarzen Stier sieht?" schlägt Julius unser altes Spiel vor. „Ok, was kriegt der Gewinner?" stimme ich zu. „Der muss eine Woche lang nicht abwaschen!" Das kommt von Alex, natürlich. „Halt, halt, meine Freunde", wehre ich mich", wir hatten besprochen, im Urlaub kein Hotel Mama, alle helfen mit." „Na klar", meint Didi, ganz pflichtschuldige Schwiegertochter in spe, „das machen wir doch gerne!" Wir werden sehen...

„Da, ein Camargue- Pferd!" Als aufmerksame Fahrerin hatte ich es zuerst entdeckt. „Ooch, gemein!" ruft Julius enttäuscht und konzentriert sich voll auf die Landschaft um alsbald triumphierend zu schreien: „Da, Stiere, 'ne ganze Herde!"

In der Camargue weiden die schwarzen Kühe eher im Hinterland, während die Pferde in der Saison auf den Ranches entlang der Strasse bis ins Dorf Les Saintes Maries de la Mer zu sehen sind.

„Nun haben wir gar nicht abgemacht, was der Gewinner kriegt", schmollt Julius, wieder ganz der kleine Junge. „Du hast einen Wunsch frei." Vor Freude, bald angekommen zu sein, werde ich grossmütig.

Wir haben Arles passiert und verlassen die Autobahn, um die letzten 38 km in Angriff zu nehmen. Einsame, schilfgesäumte Flächen, hier und da ein ‚Etang', wie die sumpfigen Tümpel heissen, und viele Pferde und Stiere - ich bin im 7. Himmel!

**Kapitel 7**

*Je viens du Sud* [1]

Links und rechts der Strasse erscheinen immer mehr Pferdehöfe und kleine Hotels. Endlich erblicken wir den Turm der
romanischen Kathedrale *Notre-Dame-de-la-Mer*, die über den
roten Ziegeldächern der Häuser zu schweben scheint. Es gibt
ein Gesetz, das verbietet, ein Haus höher als die Kirche zu
bauen. So blieb der Charakter des Dorfes bis heute erhalten.

Wie liebe ich Südfrankreich! Voller Euphorie, endlich am Ziel
angekommen zu sein, summe ich, ohne es selbst zu merken,
den Refrain von *Je viens du Sud* vor mich hin.

„Jetzt fängt die schon wieder an…", stöhnt Alex und bringt
mich schlagartig zum Verstummen. Ich muss gestehen, ich
singe nicht besonders gut und auch manchmal falsch, aber
nichtsdestotrotz schmettere ich so gern ein Lied mit, das mir
gefällt. Ich nehme mir vor, in Zukunft darauf zu achten, dass
ich dabei allein bin…

Kurz hinter dem Ortsschild, am Eingang des Dorfes, erhebt
sich das abends beleuchtete Croix de Camargue, ein Symbol,
das Herz, Anker und Kreuz verbindet und für christliche
Nächstenliebe, Treue und Glauben steht. Die drei Enden des
Kreuzes bilden die Form eines Dreizacks, ähnlich dem des
Poseidons aus der griechischen Mythologie. Diese *Tridents*
symbolisieren die langen Stöcke, die die Stierhirten tragen.
Nun sind wir wirklich da!

---

[1] Chanson von Michel Sardou (= Ich komme aus dem Süden)

Wir durchqueren den Ort, fahren am Meer entlang, am Amphitheater und am kleinen Hafen vorbei, Richtung *Plage Ouest.* Auf der Uferpromenade herrscht reges, abendliches Treiben. Alex mustert eine Gruppe leicht bekleideter Mädchen. „Geile Französinnen!" grölt er. Na, das kann ja gut werden...

Schon bald erscheinen die weissen *Cabanes de Gardians,* reetgedeckte, ehemalige Hirtenhütten. In so einem entzückenden Häuschen werden wir dieses Jahr wohnen, auch wenn der Preis gesalzen ist. „Das muss es sein, *Avenue Riquette Aubanel,* Nummer 23!" ruft Alex. Die Cabane sieht noch hübscher aus als auf den Fotos im Internet: spitzes Strohdach, an der Front mit einem grossen Croix de Camargue geschmückt, kleine Fenster, vor denen Blumenkästen mit rosa Geranien stehen, dazu an der Hauswand rankende Bougainvillea, leuchtend violett. Im kleinen Garten gedeihen ein Olivenbaum und weiss und rosa blühender Oleander. Ein Paradies! Einen Grillplatz gibt es auch und eine grosse Terrasse. Wir parken das Auto vor dem schmiedeeisernen Tor. Privatparkplatz, juhuu! Parken ist dort sonst in der Hochsaison ein grosses Problem. Telefonisch war mit der Vermieterin vereinbart, der Schlüssel werde im Blumentopf neben der Tür deponiert, typisch unkompliziert und französisch! Wir sollten Madame Olivier nach unserer Ankunft einfach einen *Coup de fil* geben, sie also anrufen, dann würde sie vorbeikommen. Der Schlüssel ist da!

Drinnen ist alles rustikal im Camargue-Stil eingerichtet: alte Möbel aus dunklem Holz, alle Vorhänge, Bettdecken und Kissen gelb mit provençalischem Olivendesign. Überall hängen Bilder, die Pferde darstellen, dazu Poster von Flamenco-

Vorführungen und Stierrennen. Natürlich entbrennt ein Streit um die Zimmer. Die Frischverliebten beschlagnahmen sofort das Zimmer mit Grand Lit und separater Dusche, was Alex nicht passt. „Komm, das andere Schlafzimmer liegt direkt neben dem Bad", beschwichtige ich ihn und beziehe bescheiden das kleinste Zimmer, schliesslich will ich den Urlaub nicht hier drin verleben.

Ich rufe unsere Vermieterin an und 15 Minuten später hält ein kleiner, verbeulter Peugeot vorm Gartentor, der von einer dicken Staubschicht bedeckt ist. Heraus hüpft eine quicklebendige, energiegeladene Dame Anfang 60. Sie ist zierlich und klein und trägt ein schickes, schwarzes Rüschenkleid im Gipsy-Look, dazu einen, ebenfalls schwarzen, Cowboyhut. Sie ist perfekt geschminkt und frisiert, neben ihr fühle ich mich in meinen verschwitzten Reisekleidern richtig ungepflegt...

„Colette Olivier!" stellt sie sich vor und reicht uns die Hand, ohne sich von der laut bellenden Bonnie beeindrucken zu lassen. Letztere ist ob der forschen Dame so perplex, dass sie alsbald verstummt und sich sogar über den Kopf streicheln lässt. „Ah, j'aime bien les chiens![1] Und Sie sind Madame 'Ansen'?" Sie spricht den Namen nasal und mit französischer Phonetik aus. „Julia Hansen, enchantée, Madame", entgegne ich. Zum Glück bin ich als Französischlehrerin in der Lage, mich in der Landessprache mit ihr zu unterhalten und auch meine Söhne hatten in Französisch immer gute Noten, im Gegensatz zu Mathe, das haben sie von mir... So gelingt es auch ihnen, dem mit melodischer Stimme und in singendem

---

[1] "Ah, ich mag Hunde gern!"

Tonfall auf uns nieder prasselnden Wortschwall von Madame Olivier, der Dame mit dem schönen Namen ‚Olivenbaum‘, zu folgen.

Unaufhörlich plaudernd, huscht Frau Olivenbaum wie ein Irrwisch durch's Haus, erklärt alles Wissenswerte, kassiert dann geschäftstüchtig im Voraus Kaution und Miete und lässt zum Abschied einen letzten Wortschwall los, beendet von: „Bon, je m'en vais, au revoir et bonnes vacances, hein?!" [1], wobei sie die Nasale in südfranzösischer Manier artikuliert, das heisst ‚pain‘ (Brot) klingt dann wie ‚peng‘, ‚vin‘ (Wein) wäre 'veng'...

Vom Nachbargarten links weht der Geruch von Holzkohle herüber. Eine französische Familie, ich zähle vier oder fünf Kinder aller Altersstufen, hat sich um den Grill versammelt. Jetzt kommt auch noch ein Yorkshire Hündchen angeflitzt, ausgerechnet... Zum Glück ist Bonnie von der Reise zu erschöpft, ein grosses Spektakel zu veranstalten.

„Ist das Haus rechts auch vermietet?" frage ich Madame Olivier. „Ah non, das gehört einem Deutschen, den sieht man fast nie. C'est un écrivain, je crois." Ein Schriftsteller? Sofort ist mein Interesse geweckt. Auf dem Parkplatz vor dem Haus erblicke ich einen uralten Citroën Deux Chevaux mit französischem Nummernschild. Der Garten wirkt verwildert, aber ist das hinter dem Haus nicht ein Stall? Scheint allerdings unbewohnt zu sein, genau wie das Haus.

---

[1] "Gut, ich gehe jetzt, und schöne Ferien, nicht?!"

Madame Olivier unterbricht meine Gedanken mit einem letzten „A bientôt!". Ein energisches Hupen, ein Winken, weg ist sie...

„Donnerwetter!" Alex ist beeindruckt. „Sind alle Französinnen so temperamentvoll?" Und, nach einer Denkpause: „Wo ist hier nochmal die nächste Disco?"

Am ersten Abend gönnen wir uns einen Restaurantbesuch. In der Gasse gegenüber des Amphitheaters hat man die Qual der Wahl, aber heute suchen wir nicht lange. Zielbewusst steuere ich ein gemütliches ‚Resto' an, welches auf einer mit Kreide beschriebenen Tafel ‚Tellines aux persil à la sauce d'ail' anbietet. Schon seit Wochen freue ich mich auf meine geliebten Tellines, kleine, helle Muscheln, die ich bisher nur in der Camargue gefunden habe, serviert mit Sahne-Knoblauch-Sauce und viel Petersilie. Dazu ein kühles Glas Rosé (oder zwei), das habe ich mir als verantwortungsvolle Autofahrerin jetzt wirklich verdient. Die Jugendlichen lassen sich Stier-Steak, Fisch und Pizza Camarguaise schmecken.

Die Dessertliste, von der hübschen jungen Kellnerin verschmitzt heruntergebetet, klingt fantastisch: „Crème Caramel, Mousse au Chocolat, Glaces, Ile flottante, Tarte aux Pommes..." Alex macht einen kleinen Annäherungsversuch, indem er sich ausführlich erklären lässt, was eine Ile flottante, eine schwimmende Insel, eigentlich ist, obwohl er dieses Dessert schon oft genossen hat. Die junge Dame klimpert zwar mit den Wimpern, bleibt aber professionell - distanziert.

„Bis bald!" ruft Alex ihr beim Abschied zu und sie erwidert: „Hoffentlich!" „Habt ihr gehört?" Alex triumphiert. „Bei der hab' ich Chancen!"

Nach dem leckeren Essen kaufen wir noch schnell notwendige Grundnahrungsmittel im *Casino*, zum Glück haben die Läden lange geöffnet.

Julius bleibt vor einem Ständer mit Strandartikeln stehen. „Mami, guck doch mal, dieses tolle kleine Gummiboot, sogar mit Ruder! Und gar nicht so teuer..." Mit einem verschmitzten Lächeln fügt er hinzu: „Ich hab' doch noch 'n Wunsch frei, wegen der Stiere!"

Ich konnte dem Charme meines Jüngsten fast noch nie widerstehen und mahne nur noch: „Aber mit dem kleinen Ding darfst du nicht weit rausrudern, so seetüchtig sieht es mir denn doch nicht aus." Julius hebt die Schwurfinger und lacht: „Ehrensache!" Dann schnappt er sich glücklich das Boot.

Nach dem Einkauf geht's nach Hause, wo wir alle sofort ins Bett fallen. Von meinem Fenster aus sehe ich, dass im Nachbarhaus Licht brennt. Während ich noch nachsinne, ob der Schriftsteller doch da ist, sinke ich in einen süssen, traumlosen Tiefschlaf.

**Kapitel 8**

*La Mer, qu'on voit danser le long des golfes clairs...*[1]

Wir frühstücken bei herrlich blauem Himmel auf der Terrasse hinter der Hütte. Von hier blickt man direkt auf einen der Salzseen. „Das ist der *Etang des Launes*", bemerke ich. „Schade, keine Flamingos..." Didi ist enttäuscht. „Warte nur ab, die siehst du schon noch", tröstet Julius seine Liebste.

Unsere Nachbarn zur Rechten sitzen auch draussen und winken freundlich. Bonnie, jetzt ausgeruht, liefert sich am Zaun ein Bell-Duell mit dem Winzlingshund (die Franzosen bevorzugen entweder Yorkshire oder aber Labradors), sie bellt tief und maskulin, er hoch und gellend.

Unseren ersten Tag am Meer möchte ich am Oststrand verbringen, wo sich im Naturschutzgebiet eine unendliche Dünenlandschaft erstreckt. Ich liebe die Einsamkeit dieses Naturstrandes, ohne Liegestühle und Strandbars. Alex sondert sich ab, er bleibt am Dorfstrand, wohl in der Hoffnung auf Kontakt mit der weiblichen Bevölkerung des Ortes.

Am Strand angekommen, ruft Didi, im winzigen schwarzen Bikini: „Guck mal, Schatz, so viele Muscheln!" Sofort beginnt sie zu sammeln. Julius pumpt sein Boot auf, ich geniesse erstmal die Sonne, sofern das mit Bonnie möglich ist...

Das Meer ist hier in der Camargue auch im Juli recht frisch, aber mit etwas Überwindung gehe ich ins Wasser und dann ist das Schwimmen herrlich! Bonnie, die leider wasserscheu ist, springt wild kläffend am Ufer hin - und her, bis ich wieder

---

[1] Chanson von Charles Trenet, 1968, über den Zauber des Meeres

erscheine. Wenigstens mit den Pfoten hat sie sich rein ge-
traut. Jetzt gräbt sie riesige Löcher, um sich im feuchteren
Sand etwas abzukühlen. Den Sand scharrt sie grundsätzlich
genau in unsere Richtung, sodass nicht nur unsere Strandtücher, sondern auch wir selbst bald wie panierte Schnitzel aussehen – der feine Sand klebt wunderbar an der Sonnencrème.

„Guck mal Bonnie, hier ist Schatten", versuche ich sie unter
den Sonnenschirm zu locken, den wir hauptsächlich ihretwe-
gen mitgeschleppt haben. Bonnie scharrt unverdrossen weiter. Dann lässt sie sich, anstatt in das tiefe Loch, wohlig aufseufzend mitten auf mein Tuch plumpsen... Das mitgebrachte
Wasser säuft sie in kürzester Zeit aus und verlangt nach unserem Evian.

Julius cremt seiner Geliebten hingebungsvoll den Rücken ein,
bei ihrer hellen, sommersprossigen Haut auch ein absolutes
Muss. „Könntest du bei mir auch mal, wo ich nicht dran
komme?" frage ich schüchtern. „Klar", meint mein Sohn
grossmütig. Auch aus diesem Grund haben es Singles schwer,
seufze ich innerlich, sie haben nie jemanden zum Rücken ein-
cremen...

Julius und Didi lassen ihr Boot zu Wasser. „Fahrt bloss nicht zu
weit raus bei den Wellen, es ist gerade Ebbe, sonst werdet ihr
noch abgetrieben!" Ganz kann ich mir die mütterlichen Rat-
schläge eben doch nicht verkneifen...

Um meinen grabewütigen Hund etwas abzulenken, mache ich
mit ihr einen Strandspaziergang. Was für eine unendliche
Weite, Sand und Dünen, so weit das Auge reicht und ein dun-
kelblauer Himmel über der flachen Landschaft. Nur alle 20

Meter liegt jemand in der Sonne. Mit Argusaugen halte ich nach eventuellen Hundefeinden Ausschau. Sobald ein Winzling in Sicht kommt, leine ich Bonnie an. Mit einem Labrador spielt sie sogar. Wieder an unserem Platz, darf ich doch noch einen Moment entspannen, weil die zurückgekehrten Seefahrerkinder mit Bonnie Stöckchen werfen. Das Leben kann so schön sein, seufze ich glücklich.

**Kapitel 9**

*Das Paradies der Erde liegt auf dem Rücken der Pferde* [1]

Ich bin schon ganz aufgeregt. Madame Olivier hat mir die Adresse einer neuen Ranch gegeben, wo sie gute junge Pferde haben sollen. Telefonisch habe ich mich für 19 Uhr zum Ausreiten angemeldet, da ist es nicht mehr so heiss.

Ich finde die Ranch, links hinter dem Hotel ‚Le Boumian' gelegen, ohne Probleme. Die am Querbalken angebundenen Pferde machen wirklich einen gepflegten, wohlgenährten Eindruck. Ich betrachte sie entzückt und wähle im Stillen ein süsses, weisses Pferdchen mit kleinem Kopf und zierlichen Hufen für mich aus.

„Sie haben telefoniert?" erklingt hinter mir eine angenehme, männliche Stimme. Ich wende mich um... und starre die sich mir präsentierende Erscheinung offenen Mundes an: Der Kerl sieht aus wie der Star aus einem Western. Ganz in Schwarz, verzierte Cowboystiefel und natürlich der obligatorische Cowboyhut. Gross und breitschultrig, dabei schlank und schmal in den Hüften – fehlen nur noch der Revolver und die klirrenden Sporen. Das faszinierendste in seinem gut geschnittenen Gesicht aber sind seine tiefschwarzen, flammenden Augen, die mich ironisch anfunkeln. Dazu grinst er ein bisschen frech.

*Mach den Mund zu, der muss dich ja für eine Vollidiotin halten*, ermahne ich mich selbst. „Ja, ich, also... Ich heisse Julia

---

[1] Friedrich von Bodenstedt, Vermischte Gedichte und Sprüche 34

Hansen." stottere ich. *Ich heisse Julia Hansen, blöder geht's ja wohl nicht.* Innerlich raufe ich mir die Haare.

„Sie können reiten?" fragt der Westernheld unbeeindruckt. „Ja, bin nur etwas aus der Übung", gelingt es mir jetzt mit einigermassen normaler Stimme zu antworten. „Darf ich diese kleine Stute hier reiten?" „D'accord, die passt gut zu Ihnen." Wieder dieses Grinsen. „Sie heisst Etoile."[1] Seine weissen Zähne blitzen. Er trägt ein schmales Bärtchen über den schön geschwungenen Lippen. Wenn er lacht, hat er auch noch Grübchen! Ich muss mich beherrschen, ihn nicht dauernd anzustarren – oder eher anzuschmachten – und gehe schnell zu meiner Stute hinüber. Ich streichle ihr sanft über Stirn und Nüstern. Etoile schnaubt zufrieden.

Jetzt bemerke ich ein im Hintergrund wartendes Pärchen, offenbar Engländer, denn sie stellen sich als Sally und Bob vor. Beide tragen volle Reitmontur mit Leder besetzten Hosen, hohen Stiefeln und Cappys. Sie mustern mein Outfit ein bisschen überheblich. Ich bin in Jeans und Turnschuhen gekommen, darin fühle ich mich bei der Hitze wohler.

„Ich heisse Serge", stellt sich unser Westernheld vor. Er ist uns beim Aufsitzen behilflich, zuerst den Engländern, dann mir. Jetzt nur nicht blamieren, denke ich, wo ich so lange nicht geritten bin. Erst nach dem zweiten Mal Abstossen schaffe ich es, mein Bein über den Pferderücken zu schwingen. Peinlich!

Serge hilft noch, die Steigbügel auf die richtige Länge einzustellen. Dabei streift er kurz meine Wade, was mich zusam-

---

[1] Stern

menzucken lässt. Donnerwetter, mir wird richtig heiss... „Pardon", murmelt Serge, blitzt mich dabei aber schelmisch an. Ich fühle, wie ich erröte und möchte im Erdboden versinken.

„Un instant, ich hole nur mein Pferd" sagt Serge und ich habe Zeit, tief durchzuatmen. Kurz darauf bleibt mir jedoch schon wieder die Luft weg, zum zweiten Mal an diesem Abend. Der Cowboy erscheint auf einem tänzelnden, tiefschwarzen Hengst, dem man den Vollblutaraber auf den ersten Blick ansieht: Ein kleiner Kopf mit der typischen, gebogenen Form, zierlicher Körperbau, hoch angesetzter Schweif, schmale, lange Fesseln, die Augen gross, die Ohren klein- nicht nur in der Farbe ein kompletter Kontrast zu den eher kräftig gebauten Camarguepferden.

„Wow!" entfährt es mir ehrfürchtig. Serge schickt mir einen kurzen Blick aus seinen schwarzen Augen und ruft: „Alle fertig? Allons, on y va. Los geht's. Juliette, bitte hinter mir, dann Monsieur, am Schluss Madame." Juliette... wie charmant mein Name auf Französisch klingt!

Die kleine Stute folgt lebhaft und willig meinen Hilfen. Ich folge meinem Westernheld auf einem schmalen Pfad, der durch sumpfige, schilfbestandene Landschaft führt. Serge reitet göttlich, sein Hengst und er bilden eine Einheit.

Das Pferd reagiert, wie ich bemerke, auf den leisesten Schenkeldruck, die Zügel braucht sein Reiter gar nicht.

In der Camargue wird im Westernstil geritten, also mit langen, lockeren Zügeln. Die Umstellung fällt mir ein bisschen schwer.

Nach einiger Zeit erreichen wir eine flache Ebene mit *Etangs,* in denen nebst Reihern und anderen Vögeln auch rosa Flamingos stolzieren! Schade, dass Didi die jetzt nicht sehen kann, denke ich.

Wir sind bereits in der Nähe des Strandes, Etoile bläht die Nüstern und schreitet noch munterer aus. In den Dünen breitet sich eine herrliche Galoppstrecke vor uns aus. Schüchtern frage ich: „Dürfen wir galoppieren?" Serge gibt die Frage an die bisher fast wortlos dahinreitenden Engländer weiter. „Oh, why not, what do you think, darling?" „Absolutely, yes!"

Serge schnalzt einmal mit der Zunge und sein Hengst schnellt sich ab wie ein vom Bogen fliegender Pfeil. Auch ich ermuntere meine kleine Stute, die sich nicht lange bitten lässt. Wir fliegen den Strand entlang!

Ein Renngalopp am Meer ist für mich pure Glückseligkeit, ein Gefühl völliger Freiheit. Ich meine, Flügel zu haben, bin Eins mit dem unter mir dahin rasenden, dampfenden Pferdekörper, könnte singen vor Glück und jubele laut auf. Wasser von auslaufenden Wellen spritzt meine Beine nass, Sand, den die Hufe des vor mir galoppierenden Hengstes aufwirbelt, fliegt mir ins Gesicht. So bemerke ich erst im letzten Moment ein reiterloses, in Panik an mir vorbei rasendes Pferd.

„Merde!" ruft Serge. Es gelingt ihm jedoch mühelos, das fliehende Tier einzuholen und am Zügel zu packen. Der englische Gentleman sitzt in weiter Ferne im Sand, seine Gattin ist schon auf dem Weg zu ihm.

„Ja ja, das kommt vor, wenn man seine Reitkünste überschätzt", meint Serge, der wieder bei mir angekommen ist, ungerührt. „Aber Sie haben das sehr gut gemacht, bravo, Juliette!" Wieder ein tiefer Blick aus seinen Flammenaugen. Ich fühle, wie ich vor Freude über das Kompliment (oder aus Verlegenheit wegen seines Blicks?) erröte. *Julia,* ermahne ich mich, *cool bleiben! Ein toll aussehender Typ wie der ist sowieso ein egoistischer, eingebildeter Frauenheld, der jeden Tag eine andere Touristin anbaggert und dich nur unglücklich macht. Ausserdem ist er mindestens 15 Jahre jünger als du...*

Wir erreichen den schimpfenden Engländer, dem zum Glück nichts passiert ist. „Das wilde Biest hat gebockt!" lamentiert er. Serge beruhigt seinen Kunden in seiner charmanten Art und hilft ihm erneut in den Sattel. Wir reiten heimwärts.

„Morgen um die gleiche Zeit?" fragt Serge beim Abschied. „D'accord, à demain", antworte ich und gebe Etoile ein Stück Zucker. „Es war ein wunderschöner Ausritt." „Morgen wird es noch schöner!" bemerkt Serge verheissungsvoll.

Bei unserer Cabane angekommen, erblicke ich die französische Familie, wie immer, bei Grillvorbereitungen.

Auch meine Kinder machen sich, oh Wunder, am Grill zu schaffen. „Wir haben tolles Fleisch und Würste gekauft, heute musst du dich um gar nichts kümmern", begrüsst mich Julius. Ich geize nicht mit Lob und bin auch wirklich hocherfreut.

Ermattet und innerlich ein bisschen aufgewühlt sinke ich in einen der Gartenstühle. Ich giesse mir ein Glas des schon bereitstehenden Rosés ein (langsam entwickle ich mich zur Trinkerin – oder einfach zur Französin? Jedenfalls entspannt mich der vorzügliche Wein).

Im Garten links herrscht Stille, wie immer. „Habt ihr schon mal unseren anderen Nachbarn gesehen?" frage ich die junge Grillmannschaft, um auf andere Gedanken zu kommen. „Nee, das is' wohl 'n unsichtbarer Serienkiller", flachst Alex. „Oder ein Vampir", wirft Didi, ein *Twilight*-Fan, ein. „Der kommt nur nachts raus." „Doctor Anonymous, der Vampir", verleiht Julius unserem Nachbarn seinen Titel.

Didi hat den Tisch liebevoll gedeckt und sogar ein paar Zweige Oleander dekorativ in einer Vase arrangiert. Das Grillfleisch verströmt herrliche Düfte und ich merke plötzlich, wie hungrig ich bin.

Nach dem Essen, das wirklich ausgezeichnet geschmeckt hat, wirft sich Alex in Schale. „Ich hab' noch ein Rendez-vous", verrät er geheimnisvoll und entfernt sich Richtung Dorf.

Didi und Julius wollen noch etwas bummeln. In den zahlreichen Boutiquen findet Didi ja auch ein reiches Angebot zum Shoppen...

Ich beschliesse, noch etwas zu lesen und früh schlafen zu gehen, liege jedoch noch lange wach. Westernheld Serge spukt durch meine Gedanken. Ich trete ans Fenster und betrachte den Nachthimmel mit seinem zunehmenden Mond.

Oh, im Nachbarhaus brennt Licht im oberen Stock, durch die geöffneten Fenster wehen die Klänge eines französischen Chansons, melancholisch und ein bisschen sehnsuchtsvoll, zu mir herüber. Ein Lächeln auf den Lippen, lege ich mich wieder ins Bett, das Fenster lasse ich offen.

**Kapitel 10**

*Aïsha, Aïsha, écoute-moi...*[1]

Für heute habe ich den Kindern einen kleinen Ausflug versprochen, weil sie ausdrücklich gewünscht hatten, auch etwas von der Umgebung kennenzulernen (zumindest die, durch ihren Vater beeinflusste, historisch interessierte Didi verlangte danach). Wir wollen nach Aiges Mortes fahren, einem romantischen, mittelalterlichen Ort in der Nähe.

Nach einer guten halben Stunde Fahrt durch das flache, einsame Hinterland überqueren wir einen der zahlreichen Kanäle, Verbindungen zur Rhône, und erreichen den grossen Parkplatz, der direkt vor der imposanten und vollständig erhaltenen Stadtmauer aus dem 13. Jahrhundert liegt. In den engen Gässchen des Ortes flanieren die Besucher zu Fuss. Wir parken unseren Mondeo im Schatten einer Korkeiche.

„Wow, soo fette Mauern!" Sogar Julius ist beeindruckt, als wir durch's riesige Stadttor schreiten.

„Ja, die kann man besichtigen, man kann auf der Stadtmauer um den Ort herum marschieren. Die Aussicht muss fantastisch sein, da sieht man bis auf's Meer!" begeistere ich mich.

„Nee lass man, so viel Kultur brauch' ich nicht", wehrt Alex ab. Ich geh lieber auf eigene Faust 'n bisschen bummeln."

„Aha, schon klar..." Julius grinst wissend.

---

[1] Lied von Cheb Khaled, 1996

„Obwohl hier berühmte Leute in der *Tour de Constance* eingekerkert waren?" versuche ich die Jugendlichen zu motivieren.

„Ach, ich möchte auch lieber bummeln und in die Läden, guck mal wie süss, was die da alles verkaufen! Die tollen Schals! Und diese Batik-Kissen!"

Didi ist ihren historischen Ambitionen angesichts der verlockenden Auslagen vor den in der Tat entzückenden kleinen Boutiquen schnell untreu geworden.

„Dann komm ich natürlich mit", sagt Julius, treu ergeben.

„Okay, dann treffen wir uns so in zwei Stunden alle wieder in diesem Café!"

Ich deute auf ein gemütliches Bistrot mit Rattanstühlen unter karierten Sonnenschirmen, ganz in der Nähe der Stadtmauer.

„Einverstanden!" ertönt es im Chor, meine Kinder trollen sich in verschiedenen Richtungen und ich erwerbe voller Vorfreude eine Karte für die Besichtigung. Über eine steile Treppe erklimme ich die Mauer.

Oben bleibe ich staunend stehen. Die Aussicht ist atemberaubend! Gespannt mache ich mich auf zum Rundgang, wobei ich immer wieder stehen bleibe und durch die kleinen, schiess-schartenartigen Öffnungen blicke. Die Teilnehmer einer japanischen Reisegruppe machen ein Foto und Selfie nach dem anderen. Sogar eine französische Schulklasse marschiert, mit Zeichenblöcken bewaffnet, vorbei, angeführt von einer streng blickenden Lehrerin mit Rucksack.

Die *Tour de Constance* ist besonders faszinierend. Bei der Vorstellung der zahlreichen, hier während der Hugenottenkriege eingekerkerten Protestanten und anderer, teilweise berühmter Menschen bekomme ich regelrecht Gänsehaut.

Nach fast zwei Stunden beende ich erschöpft, aber glücklich, meinen Rundgang und sinke in einen der bequemen Stühle des Cafés, wo ich die Kinder treffen werde. Ich gönne mir einen Pastis und betrachte den Platz, der in mit Kopfsteinpflaster bedeckte Gässchen mündet. Von den Jugendlichen keine Spur...

Nach einer Dreiviertelstunde, ich habe mir inzwischen auch noch ein Eis bestellt, biegen endlich Julius und Didi um die Ecke, im Schlendergang und, wie könnte es anders sein, mit etlichen Tüten und Päckchen beladen.

„Endlich!" entfährt es mir.

„Julia, die Läden sind der Wahnsinn! Du musst unbedingt auch noch 'ne Runde shoppen gehen!" ruft Didi begeistert und in keinster Weise schuldbewusst über die Verspätung. „Guck mal!" Sie packt Lavendelseifen, mit Stieren bedruckte Tischdecken und Küchenbretter mit Camarguemotiven und der Aufschrift *Aiges Mortes* auf den Tisch. Dann hält sie triumphierend ein netzartiges, schwarzes Häkeltop mit langen Fransen in die Höhe. „Für die Strandpromenade!"

Ich stelle mir Didi in diesem Teil vor, dass vor lauter Luftmaschen und Löchern ausser ihrem knappen Bikini auch ihren ganzen Körper mehr zur Schau stellen als verhüllen wird. Aber Mädchen in dem Alter dürfen das...

„So hab' ich gleich ein paar super Mitbringsel! Das Top ist natürlich für mich. Aber das Schönste trage ich hier!" Sie deutet auf eine Kette mit einem galoppierenden Pferd als Anhänger, die sie um den Hals trägt.

„Von meinem Schatz, echt Silber!" Sie umhalst ihren Julius und küsst ihn ab.

Nachdem ich wohlwollend die Einkäufe kommentiert habe, frage ich meinen Sohn, der ein längliches Paket auf dem Schoss liegen hat: „Und was ist das?"

„Das ist der absolute Hammer!" Julius öffnet die Verpackung und zückt strahlend ein riesiges Messer. Erschreckt weiche ich zurück. „Ein echtes Jagdmesser! Es gibt da einen geilen Waffenladen, was die alles haben..."

„Aber...", stottere ich hilflos, „was willst du denn damit? Und was sagen die beim Zoll, wenn die uns kontrollieren?"

Julius winkt ab. „Dich mit deinem harmlosen Gesicht kontrollieren die doch nie, ausserdem ist es kein Revolver. Und ein gutes Messer kann man immer brauchen."

Ich möchte ihm nicht die Freude verderben und schweige, kenne ich doch die Vorliebe meines eigentlich so friedlichen Sohnes für jegliche Art von Waffe. Das fing schon im Kleinkindalter mit Wasserpistolen an und setzte sich später mit Pfeil und Bogen, täuschend echt aussehenden Airsoftwaffen in Pistolen- und Maschinengewehrform, Schwertern und Dolchen fort.

„Habt ihr eigentlich Alex gesehen? Der sollte doch schon längst hier sein." „Nein, keine Ahnung, wo der sich rumtreibt. Wird schon kommen."

Die Kinder bestellen sich kühle Getränke, später ebenfalls noch jeder einen Eisbecher. Das Warten geht weiter. „Langsam bekomm ich Hunger!" stöhnt nun sogar Julius entnervt. „Und ich fange an, mir Sorgen zu machen." Ich bin ehrlich beunruhigt. „Ach du kennst doch Alex, dem passiert schon nichts."

Julius tätschelt mir tröstend den Arm. Ich wiege zweifelnd den Kopf. „Eben, gerade weil ich ihn kenne..."

Nach fast zwei Stunden seit meiner Ankunft im Café taucht endlich die bekannte Gestalt meines älteren Sohnes auf. Bei seinem Anblick entfährt mir ein Aufschrei. „Was ist dir denn passiert?" Alex sieht ziemlich ramponiert aus, das Schlimmste aber ist ein riesiges Veilchen, das sein linkes Auge ziert.

Alex lässt sich in einen Sessel plumpsen. „Alles halb so wild", erklärt er und winkt die Kellnerin herbei. „Ich brauch jetzt erst mal ein Bier."

„Nun erzähl schon!" verlange ich besorgt, und Alex beginnt endlich: „Also das war so. Ich hab' ein Mädchen kennengelernt, bildhübsch sag' ich euch, mit langen schwarzen Haaren und tollen Augen. Und einen Mund hat die... Sie heisst Aïsha." Sogleich beginnt Didi das bekannte Lied von Khaled anzustimmen.

„Aïsha? Kommt die etwa aus Marokko?" will Julius wissen. „Nee, aus Algerien." Ich stöhne auf. „Und wie kommst du zu dem blauen Auge? War sie das? Nun lass dir doch nicht alles aus der Nase ziehen."

„Ich hab' nur mit ihr gesprochen und etwas rumgealbert, da kommt plötzlich ein riesiger, durchtrainierter Kerl, so ein Schwarzlockiger, und haut mich ohne Vorwarnung auf's Auge."

„Ihr Freund?" fragt Didi. „Nein, offenbar ihr Bruder. Dachte wohl, ich hätte sie belästigt, oder was weiss ich."

„Mensch, Alter, was machst du für Sachen! Lass bloss die Finger von der, sonst hast du bald die ganze Familien-Mafia auf dem Hals, du weisst schon, Vendetta und so", rät Julius.

„Die Mafia kommt aus Italien! Vendetta heisst Blutrache. Hat Alex jemand abgemurkst?" Didi rollt die Augen.

Mir wird es angst und bange um meinen Sohn. Ich schaue furchtsam rundum. „Nein, aber auch arabische Brüder können die Ehre ihrer Schwester, wie man sieht, sehr vehement verteidigen. Lasst uns bloss von hier verschwinden, bevor der mit noch mehr Anverwandten hier auftaucht. Oder wir gehen gleich zur Polizei!"

„Bloss nich' zu den Bullen", wehrt Alex ab, „ich will Aïsha nicht in Schwierigkeiten bringen. Ausserdem hab' ich doch nur mit der gesprochen."

„Wie machst du das eigentlich immer, wildfremde Frauen anzusprechen?" will Julius interessiert wissen. Er ignoriert Didis wütend gezischtes: „Wieso willst du das denn wissen?"

„Hab' sie gefragt, ob es hier 'n Mc Do gibt, das fand sie voll lustig. Hat mir dann sämtliche Feinschmeckerlokale im Ort beschrieben. Sie wohnt hier. Wahrscheinlich wär' sie noch mit mir essen gegangen, wenn der Typ nicht aufgetaucht wäre. Aber Aïsha hat mich verarztet."

„Etwa bei ihr zu Hause?" fragt Didi neugierig.

„Nein, in so einem Café, wo sie den Besitzer kennt. Hat mir Eiswürfel auf's Auge gelegt, sonst wär' es bestimmt schon zugeschwollen."

„Na, so oder so, nichts wie weg von hier, du Casanova!" rät nun auch Julius.

„Casanova kam auch aus Italien..." stöhnt Didi. „Hier, setz meine Sonnenbrille auf, dann erkennt dich die Arabermafia nicht."

Alex nimmt Didis grosse, schwarze Sonnenbrille entgegen, die tatsächlich fast sein ganzes Veilchen verdeckt.

Wir machen uns auf den Rückweg, wobei ich mich immer wieder nach allen Seiten umsehe und ängstliche Blicke über die Schulter werfe.

In der Nähe des Stadttors entdeckt Didi plötzlich ein einladend aussehendes Restaurant. *Mère Laetitia* steht in altmodisch-verschnörkelter Schrift über dem Eingang.

„Guckt mal, wie niedlich! Können wir hier nicht noch eine Kleinigkeit essen? Ich hab' solchen Hunger!" „Au ja!" betteln auch die Jungs. „Bis nach Hause schaff' ich es nicht, sonst fall' ich vor Erschöpfung um", erklärt Julius.

Da auch mir der Magen knurrt, willige ich ein. „Wo die Mutter von Napoléon ja schliesslich Laetitia hiess", murmele ich. Wir betreten das gut besuchte, kleine Restaurant.

„Oh, da hinten ist sogar ein Gärtchen, und da ist noch ein Tisch frei!" Didi zerrt mich in einen entzückenden kleinen Innenhof.

„Das ist wirklich reizend", begeistere ich mich nun auch. Stühle, Tischdecken, Servietten und Stuhlkissen sind in verschiedenen Pastellfarben gehalten, von türkis über blau bis hin zu rosa und fliederfarben. Jeder Tisch ist anders dekoriert. An den Wänden ranken violette Bougainvillea, und sogar die rosa Geranien in blauen Hängetöpfen passen farblich perfekt in den Rahmen.

„So möchte ich auch wohnen! Wo man solche Kissen und Tischdecken wohl kaufen kann? Du musst unbedingt fragen, Julia!" bittet die stets einkaufsfreudige Didi.

Die kleine, rundliche Wirtin kommt an unseren Tisch und stellt sich als *Maman Laetitia* vor. Sie reicht uns liebevoll handgeschriebene Karten.

„Vielleicht kommt jetzt gleich Napoléon als Kellner um die Ecke", witzelt Alex.

Die Menuvorschläge klingen köstlich. Wir entscheiden uns für *Moules Gratinées,* provenzalischen Salat mit Ziegenkäse und Feigen und hausgemachte *Tapenade,* schwarze Olivenpaste, als Vorspeisen. Dann sollen im Ofen gebackene Entenbrüstchen mit Lavendel und Honig *à la Joséphine* folgen (für Didi und mich), sowie *Boeuf à la Bonaparte* mit Camargue-Reis (für die Männer).

In Erwartung unseres Feinschmeckeressens, bei einem Glas ausgezeichneten Rosés, entspanne ich mich in dieser angenehmen Atmosphäre langsam. Auch Alex hat seine Sonnenbrille abgenommen und reisst schon wieder Witze.

Das Essen ist in der Tat ein Gedicht! Meine überbackenen Muscheln, kräftig mit Knoblauch und Petersilie gewürzt, zergehen auf der Zunge. Auch die Entenbrüstchen in ihrer feinen Sauce sind butterzart. Die Kinder sind ebenfalls hoch zufrieden. Wir sind so wohltuend gesättigt, dass keiner mehr ein Dessert schaffen würde.

Bevor wir aufbrechen, frage ich nach der Toilette. Der Besuch derselben ist ein Erlebnis eigener Art... Die Wirtin klappt eine Art Holztreppe hinunter, und ich muss durch eine Luke in den oberen Stock steigen. Dort erwartet mich eine echt antik aussehende Toilette: aus Teakholz gefertigt, mit einer geblümten Porzellanschüssel, die tatsächlich so aussieht, als hätte Napoléon sie schon benutzt. Ich staune ehrfurchtsvoll und bediene mich ihrer mit der gebotenen Vorsicht. Als ich wieder heruntergestiegen bin, zwinkert die Wirtin mir verschwörerisch zu. „Oui oui, Napoléon war schon da oben!" Konnte sie Gedanken lesen?!

Als wir schliesslich durch das mehrere Meter dicke Stadttor schreiten, ist es bereits Abend geworden. Siedend heiss fällt mir mein geplanter Ausritt ein. „Kinder, ich muss kurz telefonieren, meinen Ausritt absagen, das schaffen wir nicht mehr."

Zum Glück hat Serge mir gestern noch seine Karte zugesteckt. Ein bisschen verlegen beim Gedanken an den charmanten

Rancher entferne ich mich etwas von den Kindern. Er nimmt sofort ab. Ich stottere meine Entschuldigung hervor.

„Oh, Juliette, wie schade, da verpasst du heute was. Aber morgen bestimmt, d'accord?" „Ganz bestimmt", verspreche ich. „Ich hatte mich doch auch schon so gefreut."

„Du bist ja ganz rot geworden?" Julius mustert mich fragend, als wir ins Auto steigen. „Bestimmt hat sie sich in den Reittypen verknallt!" platzt Didi heraus. „Nicht so frech, junge Dame", wehre ich lachend ab und schalte den Motor an.

**Kapitel 11**

*Um etwas ‚Erschwingliches' erwerben zu können, muss man nicht unbedingt ‚Flügel' haben*[1]

„Kinder, aufstehen", versuche ich meine Jungmannschaft zu wecken, „heute ist Markt!" Auf dem montags und freitags stattfindenden Wochenmarkt in Saintes Maries findet man einfach alles: angefangen bei wirklich schicker Kleidung im Boutique-Stil über typische Souvenirs, wie duftende Lavendelsäckchen und -seife und Provencekräuter, handgefertigten Schmuck, bis hin zu Früchten, Käse aller Sorten, Stiersalami, Meeresfrüchten und am Grill brutzelnden Hähnchen.

Didi ist sofort hochmotiviert und hilft mir beim Frühstück machen.

Auf dem Marktplatz herrscht ein buntes Gewimmel von Mensch und Tier, da viele Franzosen, zu Bonnies Freude, ihre Hunde dabei haben. „Seht nur, die herrlichen Oliven!" Ich bleibe vor einem Stand stehen und bestaune die pyramidenartig aufgetürmten Sorten, von tiefschwarz bis hellgrün, zum Malen schön. Daneben alle Arten von Gewürzen, ich kann kaum widerstehen. Didi strebt in Richtung Kleiderstände davon, Julius im Schlepptau.

Bei einem afrikanischen Händler entdecke ich Cowboyhüte. „Das wäre doch was", denke ich und handele einen guten Preis für einen schwarzen Hut aus, den ich gleich aufsetze. Die Sonne knallt bereits um 10 Uhr glühend heiss auf uns herunter. „Oh, John Wayne!" bemerkt Alex lakonisch. „Den brauch

---

[1] Willy Meurer (1934-2018)

ich beim Reiten", verteidige ich mich beleidigt. „Ausserdem laufen hier alle so rum."

Als ich dann noch an einem anderen Stand bunt bedruckte, aus verschiedenen Stoffresten zusammengesetzte Gipsyröcke betrachte, höre ich Alex murmeln: "Jetzt mutiert sie total zum Teenager..." „Oder sie eifert ihrem neuen Idol nach, dem Olivenbaum", grinst Julius.

„Hör nicht auf die Blödmänner", ergreift meine schon mit etlichen Kleidertüten beladene Schwiegertochter in spe meine Partei. „Der Hut steht dir übrigens super!" „Danke, Schatz, willst du ein Eis?" „Und was ist mit uns?" ertönt es sofort aus dem Hintergrund.

„Madame 'Ansen, allô!" erklingt es da melodisch von der anderen Strassenseite, wo sich die Poissonnerie befindet, her. „Wenn man vom Teufel gesprochen hat", flüstert Julius und Didi kichert.

„Wir haben frischen Fisch gekauft, des Dorades, ah, c'est bon!" Madame Olivier, begleitet von einem drahtigen Herrn mit Moustache und Béret, küsst uns begeistert auf die Wangen und stellt vor: „Das ist mein Mann, Marc Mistral." Es dauert einen Moment, bis es bei mir ‚klick' macht: Der Name ihres Gatten ist gleich lautend wie der des kalten Windes, der bisweilen diese Region heimsucht.

„Ah, c'est bien, Sie haben auch einen Hut, ça vous va bien, le châpeau." [1]

---

[1] "Der Hut steht Ihnen gut."

Endlich mal ein Kompliment... Natürlich trägt Madame ebenfalls ihren Cowboyhut. Auch Monsieur Mistral nickt zustimmend. „Le soleil, ça tape ici, il faut se couvrir."[1] Ja, die Sonne knallt uns wirklich auf's Hirn und wir nehmen gern die Einladung der Olivier-Mistrals auf einen Apéro an. Wir gehen zum Café an der Ecke und setzen uns in den Schatten.

„Warum heissen die nicht gleich?" höre ich Didi flüstern. „Keine Ahnung", entgegnet Julius grinsend. „Vielleicht sind das ja Künstlernamen."

Ich trinke mit den Künstlern einen Pastis, die Jugendlichen nehmen Eis. Monsieur Mistral überlässt das Reden seiner Gemahlin und nickt nur ab und zu beifällig. Die beiden scheinen perfekt zu harmonieren. Wie immer, wenn ich so glückliche Paare sehe, verspüre ich einen ganz kleinen Stich der Eifersucht. Warum hatte meine Ehe mit Hanno nicht auch so friedlich verlaufen können?

In melancholischer Stimmung decke ich nach unserer Rückkehr den Tisch auf der Terrasse. Wir haben auf dem Markt eines der köstlichen Hähnchen mit kleinen Kartoffeln und würziger Zwiebelsauce erstanden, ich muss also nicht kochen. So wird uns noch viel Zeit für einen langen Nachmittag am Strand bleiben.

---

[1] "Die Sonne ist hier sehr stark, da muss man sich den Kopf bedecken."

**Kapitel 12**

*Pour un flirt avec toi, je ferais n'importe quoi...*[1]

Als ich abends vor der Ranch parke, habe ich richtiggehend Lampenfieber.

Serge winkt mir gut gelaunt zu. „Wie geht's Juliette, ça va bien?" Am Balken sind nur zwei Pferde angebunden, Etoile und der schwarze Araberhengst. Auf meinen fragenden Blick hin verkündet Serge: „Heute sind wir allein."

Ohlala, auch das noch... Den Engländern ist wohl die Lust vergangen. Ich begrüsse meine Stute und versuche, mir meine Nervosität nicht anmerken zu lassen.

Heute klappt es mit dem Aufsteigen auf Anhieb. Wir schlagen wieder den Weg Richtung Strand ein, diesmal reitet Serge neben mir. Wir unterhalten uns, vor allem über Pferde. Ich gestehe ihm, dass Vollblutaraber für mich die schönsten und vollkommensten Geschöpfe der Welt sind. Früher hatte ich Gelegenheit gehabt, solche Pferde zu reiten und diese Vollkommenheit habe ich seither bei keinem anderen Pferdetyp gefunden. Serge stimmt mir begeistert zu und erzählt, er habe seinen Hengst *Soleil* [2] selbst zugeritten und geschult. Was für ein treffender Name, denke ich, der kleine Sonnengott. Da ‚Sonne' auf Französisch maskulin ist, finde ich den Namen sehr passend.

---

[1] Freches Chanson von Michel Delpech: "Für einen Flirt mit dir würde ich egal was machen."
[2] Sonne

„Etoile und Soleil, so romantisch. Hast du die Namen ausgesucht?" frage ich. „Bien sûr. Was wäre das Leben ohne ein bisschen Romantik, n'est-ce pas, Juliette?" Er sieht mir tief in die Augen, mir wird ganz schwach. „Und was macht ein Araber in der Camargue?" versuche ich abzulenken.

„Du hast recht", lacht Serge. „Die anderen Rancher sehen das auch gar nicht so gern. Die wollen nur Camarguepferde hier. Er wirkt wie eine Orchidee unter Gänseblümchen. Aber ich stehe auf diese Rasse, genau wie du."

Der Pfad ist schmal und Serge reitet dicht neben mir. Manchmal klirren unsere Steigbügel aneinander und unsere Beine oder Hände berühren sich kurz. Ist es nur der enge Weg, oder macht er das extra? Jedenfalls muss ich zugeben, dass es mir alles andere als unangenehm ist. Ich spüre es zwischen uns knistern...

*Aufpassen, Julia*, versuche ich mich selbst zu ermahnen. *Andererseits... Was ist schon dabei? Ein kleiner Flirt, na und? Ich kann mich doch auch mal ein bisschen amüsieren.*

Der Pfad mündet in eine weite Ebene und nach etwa einer halben Stunde erreichen wir den Strand. Wir galoppieren in den Sonnenuntergang hinein und ich schwebe im 7. Himmel und bin wunschlos glücklich...

„Wenn du galoppierst, siehst du richtig fröhlich und befreit aus, nicht so angespannt wie sonst", meint Serge auf dem Rückweg. Nanu, ist der jetzt auch noch Hobbypsychologe? Nach dem ruppigen, unritterlichen Tierarzt Ritter jetzt auch noch der kühne Camargue-Cowboy. Alle wollen mich analysieren...

„Angespannt?" wiederhole ich. „Ja, du wirkst, als ob dir immer was im Kopf rum geht. Lass einfach mal los, du hast doch Ferien!" „Ich hatte die letzte Zeit viel Stress", gebe ich zu. „Aber Reiten ist meine beste Medizin." „Das sehe ich"; lächelt mein Cowboy. „Wenn du willst, darfst du morgen mal Soleil ausprobieren."

Mir bleibt der Mund offen stehen, ich kann es kaum fassen. „Das würdest du mich lassen?" stammele ich. Ich selbst würde zwar jederzeit mein Auto verleihen, aber mein Pferd würde ich eifersüchtig hüten, wie meinen Augapfel.

„Dich schon. Du reitest ausgezeichnet, hast eine leichte Hand und einen weichen Sitz. Ausserdem hast du keine Angst." Ich strahle Serge an, um ein Haar wäre ich ihm um den Hals gefallen. Er scheint das zu bemerken, grinst auf seine charmante, leicht ironische Art und tätschelt mir über den Rücken, wobei er seine Hand einen kleinen Moment dort ruhen lässt. Habe ich jetzt etwa schon Schmetterlinge im Bauch?

Die Ranch kommt in Sicht. Zum Abschied küsst Serge mich auf beide Wangen und raunt „A demain, Juliette." Definitiv Schmetterlinge...

Bei unserer Hütte angekommen, habe ich mich wieder einigermassen unter Kontrolle. Die Kinder ‚chillen' auf der Terrasse. „Endlich!" begrüsst mich Alex. „Wir wollen doch ins Restaurant." „Ich beeile mich", rufe ich und schaffe es in Rekordzeit, mich frisch zu machen und umzuziehen.

Wir essen im ‚El Campo', einem Restaurant mit spanischem Flair, wo man in einem wie ein Patio gestalteten Innenhof mit Springbrunnen und Balkonen sitzt. Eine Dreimannband spielt auf der Gitarre spanische Lieder im Stil der hier sehr beliebten ‚Gipsy Kings' und singt dazu, am Wochenende tritt auch eine Flamencotänzerin auf. Die Atmosphäre ist toll, das Publikum singt mit und klatscht im Takt. Auch ich klatsche begeistert zu ‚Bamba la Bamba' und ‚Bamboleo'.

„Mami, du bist voll peinlich", raunt Julius. Alex grinst nur und ich versuche, mich zu beherrschen. Meine Paella schmeckt vorzüglich, auch die Jugendlichen sind zufrieden und gesättigt und ich meinerseits nach mehreren Gläsern Rosé leicht beschwingt, als wir das Restaurant verlassen.

„Juliette, salut!" erklingt da plötzlich eine mir jetzt schon vertraute, angenehme Stimme. Sie kommt von der Bar schräg gegenüber, wo sich Serge, noch gleich gekleidet wie bei unserem Ausritt, gerade von einer Gruppe Männer löst, die dort beim Pastis sitzen.

Er tritt auf mich zu und küsst mich wie selbstverständlich auf beide Wangen. Die Kinder stehen staunend daneben. Ich stelle kurz vor.

„Salut, les enfants",[1] sagt Serge. „Wart ihr im El Campo?" Dann fügt er, an mich gewendet, hinzu: „Wenn du mal echten Flamenco erleben willst und richtige Paella essen, das kann ich dir zeigen. Wir sprechen morgen darüber, okay? A demain alors." Mit diesen Worten begibt er sich wieder zu seinen Freunden.

„Wer war das denn?" fragt Alex perplex. „War das etwa dein Reitknecht?" „Das war der Besitzer der Ranch", korrigiere ich beleidigt. „Ihm gehören 25 Pferde."
„Der hat dich ja voll angemacht", empört sich Alex. „Voll der Camargue-Gigolo, mit seinen Cowboystiefeln" witzelt auch Julius. „Und wieso ‚enfants', der ist ja nicht viel älter als wir!"
„Geh' bloss nicht mit dem allein irgendwohin, das ist doch ein richtiger Casanova-Typ!" Diese väterliche Ermahnung kommt wieder von Alex.

„Juliette... Der spinnt doch."

„Jetzt lasst eure Mutter sich doch auch mal etwas amüsieren, sie ist schliesslich alt genug", mischt sich jetzt Aphrodite ein. War das jetzt ein Kompliment oder eher das Gegenteil?

Egal, um die Diskussion über meine Beziehungsfähigkeit zu beenden, lenke ich geschickt ab: „Also, wer kommt jetzt mit zum Stierrennen? Das fängt um 22 Uhr an, schaffen wir gerade noch."

---

[1] "Hallo Kinder"

Über die im Amphitheater stattfindenden Vorführungen informiert hier immer ein durch die Strassen fahrender Peugeot per Lautsprecher: ‚Ce soir aux arènes...'[1]

„Nee, kein Bock, ich geh' in einen Club, mit Mireille!", sagt Alex triumphierend. „Ja ja Alter, voll die Französin, was?" lacht Julius. „Ist das etwa die Kellnerin vom ersten Abend?" „Da schweigt des Sängers Höflichkeit", kontert Alex weltmännisch und entfernt sich raschen Schrittes.

„Also, wir kommen gerne mit, so was hab' ich noch nie gesehen", juchzt Didi. „Den Stieren passiert ja nichts, oder?" „Nein, Spätzchen, hier in der Camargue ist die ‚Course de taureaux' zum Glück ein unblutiges Schauspiel", beruhige ich sie.

Das ‚spectacle' ist wirklich spannend: Junge, flinke Männer versuchen geschickt, dem Stier eine der an seinen Hörnern befestigten Bommeln abzureissen, ein schwieriges Unterfangen. Manche der Stiere, die schon oft aufgetreten sind, sind so listig und erfahren, dass sie als Sieger aus dem Schauspiel hervorgehen. Sie sind regelrecht berühmt, man kennt sie bei Namen und bejubelt sie.

Auch heute Abend wird den Zuschauern einiges geboten: Mehrmals springt einer der Stiere bei der Verfolgung der Jünglinge über die ca. 1.30 m hohe Holzbalustrade. Das Publikum johlt und ruft: „Bravo!" Auch Didi und Julius applaudieren und jubeln. Später auch für den Besten der jungen Männer, der sogar zwei Trophäen erworben hat.

---

[1] "Heute Abend in der Arena"

Müde und glücklich kommen wir gegen Mitternacht nach Hause. „Oh, Doctor Anonymous hört schöne Musik!", bemerkt Julius. Tatsächlich erklingen wieder romantisch-melancholische Weisen durch die geöffneten Fenster des Nachbarhauses. Ich lasse meinen Blick durch den Garten schweifen und meine, hinter dem Grundstück, auf der angrenzenden Weide, im Mondlicht zwei weisse Pferde grasen zu sehen. Sollten die etwa Doctor Anonymous gehören? Nachdenklich genehmige ich mir auf der Terrasse noch ein weiteres Glas Rosé. Ein Schlummertrunk tut gut, entschuldige ich mich selber. Seltsam, dass unser Nachbar wirklich unsichtbar zu sein scheint. Aber seine leisen Klänge wirken beruhigend, sie wiegen mich in den Schlaf, denn auch ich lasse, wie immer, mein Fenster offen.

## Kapitel 13

*Gitano* [1]

Nach einem langen, herrlichen Tag am Strand erscheine ich um 19 Uhr pünktlich auf der Ranch. Ich habe mal wieder Lampenfieber, einerseits, weil ich meinen Cowboy wiedersehen werde, vor allem aber, weil ich den Araberhengst reiten darf.

„Juliette!" Serge gibt mir die üblichen Küsschen. „In Form heute, entspannt?" „Klar", lüge ich. „Ich freue mich schon so auf ,Soleil'!"

Ich trete zu dem bereits gesattelten Prachthengst, der mein Gesicht mit seinen weichen Nüstern berührt und leise schnaubt. „Na siehst du, er mag dich", lächelt Serge und hilft mir beim Aufsitzen.

Vorsichtig nehme ich die Zügel auf und los geht's. Was für weiche Gänge, als schwebe man! Ich versuche, ihn nur mit sanftem Schenkeldruck und fast ohne Zügel zu lenken, wie ich es bei Serge beobachtet habe, und er reagiert fantastisch. „Richtig so, Juliette", lobt Serge, „ihr zwei passt zusammen."

Andächtig klopfe ich den tiefschwarzen, glänzenden Pferdehals. „Wie pflegst du bei der Hitze und dem Staub bloss sein Fell, dass er so glänzt?" frage ich Serge. Der antwortet mit einem Zwinkern: „Ganz einfach. Ich massiere ihn jeden Tag vom Kopf bis zum Schweif mit Olivenöl."

---

[1] 'Color Gitano' von Kengji Girac, 2014'

Serge reitet heute ein tänzelndes, noch junges Camargue-Pferd mit viel Temperament. „Er ist noch nicht ganz zugeritten", erklärt Serge. „Hat aber prima Anlagen."

Für viel Konversation sind wir beide heute zu konzentriert auf unsere Pferde, ich spüre jedoch immer wieder die anerkennenden und aufmunternden Blicke meines Cowboys, wie ich ihn im Stillen immer nenne.

Zuerst reiten wir im Schritt, später ein Stück im Trab, der so weich ist, dass ich förmlich im Sattel klebe.

Der Höhepunkt unseres Ausrittes, der Galopp am Strand, ist so himmlisch, dass ich weinen könnte vor Glück. Mein Hengst scheint den Boden nicht mehr zu berühren. „Ich fliege!" jubele ich. Auch Serge lacht über das ganze Gesicht. Kein Wunder, dass Reiter im Geschwindigkeitsrausch oft vor Freude singen, auch mir ist danach, nur bin ich ja nicht allein und beherrsche diesen Drang.

Serge bleibt ein paar Pferdelängen hinter mir zurück. Diesmal bekommt er den Sand ins Gesicht! Nass gespritzt von den auslaufenden Wellen werden wir beide.

Erhitzt und glücklich folge ich Serge schliesslich auf den Pfad, der heimwärts führt.

„Bravo, Juliette, du reitest ihn ganz toll, auch optisch seid ihr ein schönes Paar!" „Auf diesem Pferd muss man ja gut reiten", entgegne ich verlegen. Dann füge ich strahlend hinzu: „Danke, ich danke dir für den wundervollen Ausritt!" „Das können wir gern wiederholen", lächelt Serge. „Aber was ist jetzt mit Flamenco? Nur im kleinen Kreis, ein Cousin feiert heute seinen Geburtstag und gibt eine Party, nur mit Familie und Freunden. Hast du Lust?"

„Ooch, hmm, ja... eigentlich schon." Warum bringt dieser Kerl mich nur immer zum Stottern?

„Super! Du wirst es nicht bereuen. Treffen wir uns um 22 Uhr auf der Ranch? Dann können wir mit meinem Auto fahren."

Um 20 Minuten nach zehn halte ich mit quietschenden Brem-sen vor der Ranch. Ich habe mich mehrmals an - und umgezo-gen, wirklich wie ein verliebter Teenager. Entschieden habe ich mich schliesslich für den heimlich doch noch auf dem Markt erstandenen Gipsyrock mit Rüschen, dazu trage ich ein schwarzes, rückenfreies Top. Der Jungmannschaft bleibt mei-ne Aktion natürlich nicht verborgen und sie sparen nicht mit Kommentaren.

„Mami, Mensch, wohin willst du in diesem Aufzug?" fragt Julius misstrauisch. „Sag bloss, du gehst mit dem Camargue-Gigolo aus!" empört sich Alex. „Serge hat mich zu einem Fla-menco-Abend eingeladen, etwas, was Touristen sonst nicht zu sehen bekommen", erkläre ich. „Sei nur vorsichtig", mahnt Julius, „der hat es doch faustdick hinter den Ohren!" „Du siehst ganz toll aus! Viel Spass!" Aphrodite ist, wie meistens, auf meiner Seite. Wenigstens ein aufmunternder Kommentar, denke ich und verlasse das Haus.

Serge wartet schon, an seinen staubigen Jeep gelehnt. Er pfeift anerkennend. „Ohlala, Juliette, très chique!" Ich erröte (schon wieder) und entschuldige mich für meine Verspätung. „Pas de problème, das Warten hat sich gelohnt..." Sein inten-siver Blick hat's wirklich in sich... Ich denke unwillkürlich an Hanno, der schon ungeduldig und gereizt reagiert hat, wenn er fünf Minuten auf mich warten musste.

Wir klettern in seinen Jeep. „Es sind ein paar Kilometer, wir fahren Richtung *Aiges Mortes,* ins Hinterland", erklärt Serge. Etwa 20 Minuten später biegt er in einen Feldweg ein, der auf ein einsam stehendes, verwittertes Gehöft führt. Plötzlich gehen mir Alex' Warnungen durch den Kopf. Unsinn, lache ich über mich selbst, so viel Menschenkenntnis hast du. Er wird schon nicht über dich herfallen.

Serge parkt den Jeep neben einigen ähnlich geländetauglichen Autos und führt mich um das alte Bauernhaus herum auf einen grossen Hof, wo viele Menschen aller Altersstufen durcheinander wuseln. In der Mitte des Hofes brennt ein grosses Feuer, über dem eine riesige, gusseiserne Pfanne hängt. „So kocht man eine echte Paella!" sagt Serge verschmitzt.

„Serge!" Ein kleiner, dunkelhaariger Junge hat uns entdeckt. Bald sind wir von einem Rudel jubelnder Kinder umgeben. Serge wirbelt den kleinsten der Jungen durch die Luft. Auch die Erwachsenen kommen uns begrüssen. Einige sind sehr dunkelhäutig und haben schwarze Locken, auch die Frauen deren lange, prächtige Haare oft bis zur Taille reichen. Ich werde vorgestellt und herumgereicht, von den meisten bekomme ich die hier üblichen drei Wangenküsschen. „Die Freunde von Serge sind uns immer willkommen", sagt der mir als Marcel vorgestellte Hausherr, der Cousin, der heute Geburtstag hat. Ich gratuliere ihm und er beginnt sich freundlich zu erkundigen, woher ich komme und wie es mir hier gefällt, die üblichen Fragen an Touristen eben.

Serge spricht mit einigen Frauen. Ich meine, die in rasend schnellem, singenden Französisch an Serge gerichtete Frage aufzuschnappen, wie es Ginette und Raoul gehe. „Sehr gut", antwortet Serge knapp. Irre ich mich, oder hat er der älteren Frau mit Schürze, die diese Frage gestellt hat, einen warnenden Blick zugeworfen? Sicher nur Einbildung...

Man reicht mir ein Glas Rotwein. „Die Paella ist gleich fertig, verkündet Marcel stolz.

Zwei junge, schwarzäugige Männer beginnen, ihre Gitarren zu stimmen. Die auf Spanisch vorgetragenen Lieder klingen schwermütig und melancholisch und sind mir unbekannt, vermutlich traditionelle Flamencomusik. Zwischendurch singen sie auch moderne, französische Songs, wie ‚Gitano' oder ‚Andalouse' von Kendji Girac, dem jungen Idol der Region, die von Liebe und Zigeunerblut handeln.

Wir sitzen auf rustikalen Holzbänken und umgedrehten Holzfässern, die auch als Tische dienen, rund ums Feuer. Die Paella schmeckt köstlich, wirklich nicht zu vergleichen mit der Restaurant-Paella. Ausser Huhn sind köstliche Scampi, viele Muscheln und Tintenfischringe enthalten. Auch die Stimmung ist fantastisch! Wir trinken, lachen viel und machen vergnügte Witze, wobei ich mich mit der Zuhörerrolle begnüge.

Serge sitzt dicht neben mir und es gefällt mir, seine Nähe zu spüren. Die Spannung zwischen uns ist fast greifbar...

Nach dem Essen erhebt sich spontan ein mittelaltes Pärchen. Sie stellen sich in Positur und beginnen, Flamenco zu tanzen, dramatisch und leidenschaftlich, in perfekter Harmonie. Ihre Absätze hämmern auf die Holzdielen der improvisierten Tanzfläche.

Ich bin fasziniert und ein bisschen beschwipst. „Sind das alles Freunde von dir?" frage ich Serge. Er legt den Arm um meine Schulter und erklärt:" Die meisten sind Verwandte." Ich starre ihn mit ungläubig geöffnetem Mund an, der Kerl bringt mich immer wieder zum Staunen. „Doch doch, meine Grossmutter war eine Gitane, eine Zigeunerin." Langsam beginne ich zu begreifen. Daher also die riesigen, schwarzen Augen und der dunkle Teint. „Schockiert?" fragt mein Cowboy mit einem ironischen Lächeln. „Nein, warum denn?" entgegne ich wahrheitsgemäss.

Serge küsst mich flüchtig auf die Lippen. Die Berührung trifft mich wie ein elektrischer Schlag, meine Knie werden weich. „Und jetzt komm tanzen, Juliette!" Er ignoriert meine Abwehr und zieht mich sanft auf die Tanzdiele. „Ich kann das doch gar nicht", sträube ich mich (schon gar nicht so aufgewühlt und mit meinen Gummiknien, füge ich im Stillen hinzu). „Mach einfach, was du fühlst", befiehlt er und tanzt selber in perfekter Flamenco-Manier los.

Zum Glück gehen jetzt alle tanzen und achten nicht weiter auf mich. Dafür, unter anderem, liebe ich die Franzosen, sie glotzen die Leute nie penetrant an. Serge zieht mich in seine Arme, als die Musik langsam und romantisch wird, und wir tanzen ziemlich eng. Seine Nähe haut mich um. Sein Griff ist fest und dennoch zärtlich und er riecht gut – nach Meer, Sonne, einem herben Männerparfum und ein kleines bisschen nach Pferd. Ich fühle seine Lippen in meinem Haar und vernehme seine Stimme dicht an meinem Ohr, die flüstert: „Oh, Juliette, comme c'est beau, comme tu es belle, du bist einzigartig."

Es wird ein magischer Abend. Ich bin dabei, völlig den Kopf zu verlieren, aber es ist mir egal. Ich will einfach leben! Viel zu lange habe ich nur an meine Pflichten gedacht, jetzt möchte ich mich einfach fallen lassen.

Reihum geben fast alle einen Flamenco zum Besten, alle sind mit Leidenschaft, aber auch mit grossem Vergnügen dabei. Ich spüre Serges Blicke auf mir und fühle mich nach langer Zeit endlich wieder einmal jung und begehrenswert. Gegen Ende des Abends, als die Musik immer langsamer und eindringlicher wird, tanzen wir eng umschlungen ...

Auf der Rückfahrt im Auto hält Serge meine Hand. Bei der Ranch angekommen, stellt er den Motor ab und wendet sich mir zu. Die knisternde Spannung in der Luft ist fast greifbar. Sein Mund kommt immer näher, bis sich unsere Lippen berühren. Es wird ein sehr langer, sehr leidenschaftlicher Kuss. *Du meine Güte, er küsst so gut, wie er reitet,* schiesst es mir durch den Kopf. Ich schmiege mich an ihn und fühle seine drahtigen, schwarzen Locken unter meinen Händen, seine muskulösen Oberarme. „Juliette..", stöhnt er. *Wenn er mich jetzt zu sich nach Hause einlädt, sage ich nicht nein,* denke ich. Nach einer ganzen Reihe weiterer, zunehmend wilderer Küsse und Zärtlichkeiten löst Serge sich jedoch von mir. „Chérie, es ist sehr spät und ich reite morgen früh beim Abrivado mit. Kommst du mich anschauen?" Ich fühle mich, wie wenn mir jemand einen Eimer kalten Wassers über meinen glühenden Schädel gegossen hätte.

Natürlich weiss ich, dass morgen die alljährliche *Féria du cheval* beginnt, ein fantastisches, mehrtägiges Schauspiel rund ums Pferd mit Darbietungen aller Art. Serge hatte schon erwähnt, dass er bei der Dressurprüfung mitmachen würde, sowie bei der grossen Abschlussveranstaltung im Amphitheater.

Traditionsgemäss findet am Anfang des Festivals ein Abrivado statt: Mehrere Stiere werden durchs ganze Dorf getrieben, nachdem sie von den im vollen Galopp reitenden Hirten, den Gardians, in die Mitte genommen worden sind. Dieses faszinierende Schauspiel soll mit der Ankunft der Stiere die alltägliche Arbeit der Hirten demonstrieren.

Serge wartet auf meine Antwort. „Ja, natürlich", gelingt es mir mit etwas heiserer Stimme hervorzubringen, „das will ich auf keinen Fall verpassen." „Super, dann setzt dich ins *Abrivado*, da siehst du alles perfekt."

Er meint das gegenüber des Amphitheaters liegende Hotel-Restaurant, das den selben Namen wie das genau hier vorbeiführende Stiertreiben trägt.

Serge öffnet mir die Autotür und geleitet mich zu meinem Mondeo. „Morgen, beim Reiten, habe ich eine Überraschung für dich! Schlaf gut, chérie, und träum' von mir." Nach einer letzten Umarmung steige ich ein und fahre in einem tranceartigen Zustand nach Hause. *Ist der einfach so anständig, oder wieso hat er die Situation nicht weiter ausgenutzt?* grüble ich. *Willig genug wäre ich ja gewesen, und das hat er auch gemerkt...*

Von meinem Schlafzimmerfenster aus sehe ich, dass im Nachbarhaus noch Licht brennt, dabei ist es zwei Uhr morgens. Leidet Doctor Anonymous unter Schlaflosigkeit? Mir kommt der Film ‚Sleepless in Seattle' mit Tom Hanks in den Sinn und ich murmele: „Sleepless in Saintes Maries."

Trotz meines aufgewühlten Zustandes falle ich, wohl auch dank des reichlich genossenen Rotweins, schnell in tiefen

Schlummer. Ich träume – wen wundert's – von Serge: Wir reiten zusammen auf einem riesigen, schneeweissen Hengst den Strand entlang. Ich trage ein wallendes, weisses Gewand, das im Wind weht. Serge sitzt hinter mir und hält mich umschlungen. Plötzlich wachsen dem Pferd grosse, weisse Flügel, die es ausbreitet. Pegasus trägt uns über's Meer, wir fliegen immer weiter, immer höher...

Serge küsst mich, es ist ein ziemlich feuchter Kuss. Gleichzeitig bekomme ich einen rauen Hieb auf die Schulter. Spinnt der? Ich erwache, öffne schlaftrunken die Augen und blicke direkt in Bonnies Gesicht, die fortfährt, mich abzulecken und mich mit der Pfote zu hauen. „Is' ja gut", lalle ich, „wie spät is' es denn?" Logischerweise erhalte ich keine Antwort. Frau von Bonn zeigt mir in Hundesprache jedoch sehr genau, was sie will. Schweifwedelnd läuft sie zur Tür und bellt auf, offensichtlich will sie Gassi gehen. Ich torkele auf den Flur. Alex' Tür ist noch fest verschlossen, auch vom jungen Liebespärchen keine Spur. „Immer ich", jammere ich und blicke auf die Küchenuhr. Erst acht, kein Wunder, dass ich noch so müde bin, nach DER Nacht... Ich öffne Bonnie die Tür und lasse sie in den Garten, jetzt brauche ich erstmal einen starken Kaffee.

**Kapitel 14**

*Elle court, elle court, la maladie d'amour* [1]

Wir haben es tatsächlich geschafft: Die ganze Familie sitzt pünktlich im Abrivado und harrt auf das Schauspiel. Wir sind zu Fuss von der Hütte aus immer am Meer entlang, an der *Capitainerie* und am Hafen vorbei, die Strasse entlanggelaufen.

Gegenüber, neben der Arena, dreht sich das wunderschöne, antike Karussell, immer von zahlreichen Kindern frequentiert (und manchmal auch von Eltern und Omas oder Opas, schliesslich heisst es ja auf einer altmodischen Tafel: von 6-66 Jahren! ).

Ich genehmige mir einen Pastis Camarguais, es ist ja schon später Vormittag (im Entschuldigungen finden für meinen zunehmenden Hang zum Alkohol werde ich immer besser). „Mami, Mami...", schüttelt Alex den Kopf. „War wohl eine heisse Nacht?!" Julius und Didi grinsen nur und schlürfen ihre Erdbeerfrappés.

„Jetzt geht's bald los", lenke ich ab. Die Nebenstrassen zur *Avenue Van Gogh* sind bereits mit Eisenbarrieren abgesperrt, wie immer bei Vorführungen mit Stieren. Die Stiere werden, wie ich weiss, mit einem Transporter bis zur *Capitainerie* gebracht.

---

[1] Chanson von Michel Sardou (1973) über die "Krankheit Liebe"

Die Hirten nehmen ihre Position an der Rampe ein und die Tür öffnet sich. Wenn die Stiere herausstürmen, gilt es, sie geschickt zu umrunden und in die Mitte zu nehmen.

„Ich höre was!" ruft Julius. Tatsächlich, donnernder Hufschlag! Ich trete an den Strassenrand und sehe die Gruppe kommen: die Gardians in ihren traditionellen Hemden, natürlich mit Cowboyhüten, die mit lauten Rufen die Stiere treiben. Die vier schwarzen Stiere, viel niedriger als die weissen Pferde, sind in deren Mitte nur schwer auszumachen. Da, ich erblicke Serge an der mir zugewandten Seite! Er findet die Zeit, mir zuzuwinken und dann sind sie auch schon vorbei.

„Ach, schade, das ging viel zu schnell", meint Didi. „War der Winkemann etwa dein Cowboy?" Alex ist baff. Ich lächle nur und schweige.

Wir machen noch einen kleinen Bummel durch's Dorf, das sich wegen der Feria sehr verändert hat. Auf dem Marktplatz ist ein grosses Reitviereck entstanden, rundherum sind Ställe errichtet worden. Einige sind schon bewohnt. Wir bewundern Pferde der verschiedensten Rassen. An vielen Ecken stehen kleine Holzbühnen für die Flamenco-Vorführungen, daneben Zelte mit Bars, von denen einige schon Getränke ausschenken.

Im Kulturzentrum gibt es eine Kunstausstellung mit dem Thema: ‚Das Pferd im Lauf der Geschichte' und Plakate informieren über andere geplante Veranstaltungen, wie Filme und Lesungen.

Ich bin begeistert. „Ein tolles Programm! Und heute Nachmittag findet der grosse Umzug statt, wo alle Teilnehmer der

Feria mitreiten", motiviere ich, um Begleitung heischend, die Jugendlichen. „Reitet dein Gigolo da auch wieder mit?" fragt Alex frech. „Mein was??..." Ich bin entsetzt und vorläufig ausser Gefecht gesetzt, schlagfertig war ich noch nie.

Wir beschliessen, im Garten zu grillen und zu ‚chillen', weil es sich kaum noch lohnt, vor dem Umzug an den Strand zu gehen. Auch unsere Nachbarn zur Rechten sind, wie stets, um ihren Grill versammelt und grüssen freundlich, die beiden keifenden Hunde ignorierend, die sich am Zaun mal wieder ein Bell-Duell liefern.

Um 17 Uhr sitzen wir erneut im Abrivado, von hier aus sieht man wirklich alles am besten. Der Umzug ist wunderschön! Reiter verschiedener Nationalitäten in ihren traditionellen Kostümen defilieren dicht an uns vorbei, den Anfang machen die stolzen Spanier auf ihren tänzelnden Andalusiern, einige mit ihren Damen zusammen auf dem Pferd, die lange Flamencokleider mit Rüschen tragen und im Damensitz reiten. Es folgen riesige, pechschwarze Friesen mit tellergrossen Hufen und prächtigen Mähnen, rassige arabische Vollblüter, bei denen ich vor Bewunderung den Atem anhalte, niedliche Haflinger mit langen blonden Mähnen, sogar ein paar herrliche, schneeweisse Lippizaner sind dabei.

Den Abschluss bilden die Camargue-Reiter, von der Menge am meisten bejubelt. Ich entdecke Serge, ganz in Schwarz, auf Soleil. Er sieht fantastisch aus! Da, er hat mich auch ausgemacht und wirft mir eine Kusshand zu. Ich fühle mich erröten und spüre die tadelnden Blicke der Jugendlichen.

Die Zuschauermenge läuft auseinander. Meine Kinder wollen auf ‚eine Runde shoppen' gehen, ich mache mich auf den Heimweg, um mich für's Reiten umzuziehen. Ob Serge es wohl schafft? Und was mochte das für eine Überraschung sein, von der er gestern gesprochen hatte?

„Heute darfst du Soleil die ganze Zeit reiten", begrüsst mich Serge und gibt mir die obligatorischen Wangenküsschen. Ich bin etwas enttäuscht, aber wahrscheinlich will er mich vor den beiden jungen Mädchen, die auf der Ranch helfen und in der Nähe ein Pferd duschen, nicht abknutschen.

Als wir aber ein Stück weit geritten sind, zügelt Serge sein Pferd dicht neben mir und umarmt und küsst mich zärtlich. „Chérie, ich hab' dich vermisst! Hast du gut geschlafen?" Ich bejahe. „Und du hast super ausgesehen beim Abrivado und erst recht beim Umzug!" „Hat es dir gefallen?" Serge ist beglückt.

Er trägt einen kleinen Rucksack auf dem Rücken, auch am Sattel ist hinten ein längliches Bündel befestigt. Er will jedoch auf meine neugierige Frage hin nichts verraten.

„Surprise", lächelt er nur, „meine Überraschung."

Wir biegen nicht in den gewohnten Weg direkt zum Strand ein, sondern halten uns auf einem Pfad, der sich durch die Dünen schlängelt. Nach etwa zwanzig Minuten hält Serge an einem wind- und sichtgeschützten Platz an.

„Voilà, chérie, wir sind da." Er hebt mich vom Pferd und hält mich in seinen Armen fest. Wir küssen uns hingebungsvoll, mir wird heiß und kalt.

Serge bindet die Pferde an einem grossen Stück Treibholz an und lockert die Sattelgurte. „Die laufen sowieso nicht weg", meint er und löst das am Sattel befestigte Bündel. Zum Vorschein kommt eine grosse, karierte Decke, die er im Sand ausbreitet. Aus dem Rucksack zaubert er Baguette, Camenbert, Terrine, Tapenade und Oliven. Alles wird geschickt auf kleinen Papptellern arrangiert. Sogar eine Plastikschachtel mit Tellines in Sauce ist dabei! Ich bin gerührt, dass er behalten hat, wie ich für diese delikaten Muscheln schwärme... Zum Schluss zieht er noch eine Flasche Rosé samt Gläsern hervor und strahlt mich an: „Gefällt dir meine kleine Überraschung, mon chou? Das Picknick ist serviert!"

Ich falle ihm um den Hals und bedanke mich mit einem langen, zärtlichen Kuss.

Als er den Wein öffnet, betrachte ich seine Hände, die sensiblen Hände eines einfühlsamen Reiters. Serge reicht mir ein gefülltes Glas.

„A toi, chérie!" prostet er mir zu. „Auf uns", ergänze ich.

Es wird ein richtiges Picknick für Verliebte. Serge füttert mich mit kleinen Häppchen des Baguette, die er mit den köstlichen Zutaten belegt hat. Zwischendurch küsst er mich, zuerst zart, dann immer heisser und drängender.

„Und mit wie vielen Touristinnen hast du solche Picknicks schon veranstaltet?" Diese Frage ist mir so herausgerutscht, im nächsten Moment bereue ich sie. Nur ja nicht die Eifersüchtige und Besitzergreifende spielen, sage ich mir, so vergraulst du jeden Mann. Serge reagiert entrüstet: „Juliette, wofür hältst du mich eigentlich?" Seine schwarzen Augen funkeln mich an. „Ich habe mich in dich verliebt, chérie! Eine Frau wie du ist mir noch nie begegnet."

Die hoffnungslose Romantikerin in mir erbebt, die Schmetterlinge in meinem Bauch tanzen Flamenco. Ich möchte ihm ja so gern glauben...

Den Rosé haben wir inzwischen fast ausgetrunken. Satt und zufrieden seufzt Serge wohlig, streckt sich aus und raunt zärtlich: „Viens chérie, komm zu mir." Er blickt mir lange tief in die Augen, streichelt mein Gesicht und meine Haare und küsst mich mit wachsender Leidenschaft. Ich versinke in einem Strudel der Gefühle und verliere langsam jegliche Kontrolle über meinen Verstand.

Als er mir das T-Shirt abstreifen will, unternehme ich noch einen schwachen Versuch der Gegenwehr, den Serge jedoch im Keim erstickt, indem er jede freie Stelle meines Körpers mit Küssen bedeckt.

„Tu es belle, du bist so schön, du hast mich verhext", flüstert er. Ich spüre nur noch überall seine Lippen, seine Hände, seinen Körper. „Du mich auch", seufze ich.

Später, viel später, ich liege entspannt in seinen Armen und war wohl kurz eingeschlafen, spüre ich, dass Serge mir eine Haarsträhne aus dem Gesicht streicht.

Er küsst mich auf die Nasenspitze und murmelt bedauernd: „Ich fürchte, wir müssen zurück, mein Liebling. Ich habe noch eine Probe für die Vorführung morgen."

Tatsächlich geht die Sonne schon unter. Wir sehen zu, wie sie als glühendroter Ball Stück für Stück im Meer versinkt. Der

Himmel, zuerst noch golden, verfärbt sich dunkelrosa, um allmählich zu einem hellen Rosa zu verblassen, das die Dämmerung ankündigt. Flamingos fliegen vom nahe gelegenen *Etang du Vaccarès* auf, die Pferde schnauben.

Ich fühle mich wunschlos glücklich! Wenn ich könnte, würde ich die Zeit anhalten, einfach im Hier und Jetzt verharren, ohne an morgen zu denken oder an Trennungen und Komplikationen.

Serge umarmt mich ein letztes Mal, bevor er zusammenpackt und die Pferde fertig macht.

Auf dem Rückweg reiten wir Hand in Hand in die zunehmende Dunkelheit hinein. „Morgen grillen wir Fisch, das wird ein noch tolleres Picknick", verspricht Serge, als wir uns der Ranch nähern. „Hast du später am Abend keine Zeit mehr?" überwinde ich meine Schüchternheit. „Ich meine, meine Söhne sind erwachsen, ich könnte auch mit zu dir kommen." Im nächsten Moment bedaure ich meine vorschnellen Worte. *Du Trottel,* schelte ich mich innerlich, *jetzt fängst du schon an zu klammern...*

Aber eine ganze Nacht mit ihm, was für eine erregende Vorstellung.

Serge umarmt mich nochmals. „Heute ist es ganz schlecht, chérie, es wird sicher sehr spät und morgen muss ich früh los, die Pferde für die Dressur vorbereiten. Aber du kommst zuschauen und mir applaudieren morgen Nachmittag, n'est-ce-pas chérie? Und abends bin ich frei für dich."

Diesen logischen Argumenten kann ich nichts entgegensetzen. Dennoch vermeine ich einen winzigen Moment lang eine warnende Stimme in meinem Innern zu hören, wie eine dunkle Vorahnung. Überhaupt, was weiss ich eigentlich schon von ihm, ausser dass er umwerfend aussieht, charmant und geistreich ist, fantastisch reitet und ein einmaliger Liebhaber ist?

Wieso, das ist doch wohl eine lange Liste positiver Eigenschaften? Was willst du mehr? jubiliert die Romantikerin in mir. Die innerliche Emanze aber argwöhnt: Keine Zeit? Seltsam! Vielleicht ist er verheiratet, hat sogar Kinder?

„Wo lebt eigentlich deine Familie?" frage ich, wie nebenbei, möglichst harmlos.

„In der Nähe von Arles, im Winter bin ich auch dort, warum?" „Ach, ich möchte einfach viel mehr über dich wissen." „Das wirst du, chérie, wir haben Zeit."

Meine Bedenken sind wie weggewischt. Wir reiten im Schritt in den Hof der Ranch ein, inzwischen ist es ganz dunkel geworden. Trotzdem küsst mich Serge zum Abschied wieder nicht auf den Mund, sondern gibt mir nur drei zarte ‚bises' auf die Wangen.

Etwas enttäuscht und mit zwiespältigen Gefühlen steige ich in mein Auto. Da tritt er nochmal ans Fenster und sagt leise: „Bis morgen, chérie, es war wunderschön. Schlaf gut, je t'aime!"

**Kapitel 15**

*Hey, Niagara, je t'en prie sèche tes joues ne pleure pas...*[1]

Den nächsten Vormittag verbringen wir alle zusammen am Strand, sogar Alex hat sich uns angeschlossen. Die Jungs spielen Fussball, Didi bräunt sich und auch ich liege in der Sonne und träume von gestern Abend. Wenn ich an Serge denke, durchströmt mich ein warmes, prickelndes Gefühl. Ich bin unglaublich verliebt und kann es kaum erwarten, ihn wiederzusehen...

Plötzlich werde ich durch lautes Geschrei brutal aus meinen Träumen gerissen.

„Geh weg, du blöder Köter!" ertönt es auf Deutsch in nächster Nähe. Mir schwant nichts Gutes... Und richtig, die Übeltäterin ist Bonnie. Sie ist nicht nur quer über die in etwa zehn Meter Entfernung ausgebreiteten Strandtücher gerannt, sondern hat sich auch noch eine ganze Salami aus der Tasche der gerade aus dem Wasser nahenden Touristen geklaut. „Unsere Wurst!" schreit der beleibte Vater empört. „Gib sie wieder her!"

Wie es mir manchmal, auch in extremen Situationen passiert, überkommt mich ein kaum zu unterdrückender Lachreiz, weil mir das bekannte Kinderlied ‚*Fuchs, du hast die Gans gestohlen, gib sie wieder her*' einfällt. Ans Wiederhergeben denkt Bonnie absolut nicht, sie setzt sich vielmehr frech auf ein ebenfalls gerade freies Strandtuch eines anderen Badenden nieder, um ihre Beute zu verspeisen.

---

[1] Niagara, Chanson von Julien Clerc ("Hey, Niagara, bitte trockne deine Tränen, weine nicht.")

Ich hechte gekonnt auf sie zu und versuche, sie zu packen, aber im nächsten Moment ist sie schon entwischt. Die deutschen Kinder jammern nach ihrer Wurst.

„Jetzt helft mir doch mal!" rufe ich meinen ratlos dastehenden Angehörigen zu. Zusammen gelingt es und endlich, Bonnie einzukreisen und ihr die schon ziemlich zerkaute Salami zu entreissen.

Ich gehe zur böse gestikulierenden deutschen Familie hinüber und entschuldige mich.

Die zerkaute Wurst wollen sie nicht zurück, aber schliesslich geben sie sich mit den von mir angebotenen zehn Euro zufrieden. „Obwohl wir uns jetzt ein neues Mittagessen kaufen müssen", ruft die Mutter mir noch gekränkt nach. Ich verkneife mir eine Bemerkung über gesunde Ernährung. Salami als Mittagessen...

Schnell gehe ich mich auch noch bei der anderen Familie entschuldigen, auf deren Tuch Bonnie Platz genommen hatte.

„Pas de problème, das macht nichts, ist doch nur Sand", lächelt der junge Tuchbesitzer freundlich, der die Diskussion mit der Salamifamilie natürlich verfolgt hat. Wenigstens einer hat Verständnis, denke ich erleichtert.

Meine Kinder sind inzwischen, nach so viel Salami-Diskussion, auch hungrig geworden und mir ist die Lust auf Strand vergangen. Wir brechen die Zelte ab.

Anstatt gross zu kochen, kaufen wir uns an unserem Lieblingsstand Pizza Camarguaise, riesige Thunfisch-Sandwiches und Salat. Hier gibt es neben typischen Fast-Food-Gerichten, wie Döner, Hot Dog und Pommes Frites, sogar Paella und Muscheln. Wir verspeisen unser Essen auf einer Bank an der Strandpromenade. „Du bekommst nichts", zische ich der bettelnden Bonnie genervt zu.

Die Kinder kehren anschliessend an den Strand zurück, auch Bonnie habe ich ihnen aufgedrängt, ich fahre nach Hause, um zu duschen und mich schick zu machen, ich will doch Serge bei der Dressurprüfung erleben.

Diese findet auf dem grossen Reitplatz vor der Mairie statt. Es herrscht Festatmosphäre, die kleinen Zeltbars sind überfüllt, auch die Holztribünen, wo getanzt wird, sind umlagert. Gerade hat eine Flamencovorführung stattgefunden, die Umstehenden klatschen. Viele Zuschauer drängen sich ans Geländer des Reitplatzes. Ich ergattere einen Platz mit ziemlich guter Sicht an der Längsseite. Um mich vor der sengenden Hitze zu schützen, trage ich meinen Cowboyhut.

Es gehen über dreissig Reiter an den Start, einige finde ich ausgezeichnet. Die Jury, bei denen Lorenzo, der berühmte und hier beheimatete Kunstreiter und ‚Voltigeur', dabei ist, urteilt streng.

Endlich, fast als Letzter, kommt er dran. Ich erblicke Soleils rassige, schwarze Gestalt und seinen nicht minder rassigen Reiter in eleganter Dressurkleidung mit Frack und langen Stiefeln, da ist nichts mehr vom lässigen Cowboy zu spüren.

Seine Darbietung ist wundervoll: Serge zeigt Figuren der Hohen Schule, wie sie an der Spanischen Hofreitschule auch nicht besser präsentiert werden. Ich kann keinen einzigen Fehler, nicht die leiseste Unsicherheit erkennen, Pferd und

Reiter bilden eine Einheit. Bei der Levade, wo sich das Pferd langsam auf die Hinterbeine erhebt, sieht Soleil majestätisch wie ein Märchengeschöpf aus. Ganz am Schluss kommt der Höhepunkt: Serge steigt ab, befreit den Hengst von Sattel und Zaumzeug, springt mit einem eleganten Schwung wieder auf den blossen Pferderücken und fährt in seiner Vorführung fort. Wie von Zauberhand an einem unsichtbaren Faden, nur durch das Gewicht und die für den Zuschauer nicht merkbaren Hilfen seines Reiters gelenkt, vollführt der Hengst die kompliziertesten Drehungen, Traversalen und Figuren.

Als Serge hinausreitet, von tosendem Applaus begleitet, kommt er dicht an meinem Platz vorbei. Er zwinkert mir unmerklich zu und ich erbebe vor Stolz und Glück.

Ich klatsche begeistert und bin fast sicher, dass er einen der ersten Plätze belegen wird.

Die Jury berät ziemlich lange. Schliesslich ergreift Lorenzo das Mikrophon und gibt Platz 3 und Platz 2 bekannt. Serge ist nicht dabei, ich halte den Atem an. „Und auf Platz 1", ruft Lorenzo, Serge Beauregard auf seinem Araberhengst Soleil!"

„Juhuu!", entfährt es mir, was im allgemeinen Applaus und den Bravo-Rufen zum Glück untergeht. Die drei Sieger reiten nochmals auf den Platz ein und nehmen Aufstellung. Lorenzo steckt den Pferden ihre Schleifen ans Zaumzeug und beglückwünscht die Reiter. Dann gibt es eine Ehrenrunde mit musikalischer

Begleitung. Ausser mir vor Freude, strebe ich dem Ausgang zu, um Serge ebenfalls zu gratulieren. Mit Mühe bahne ich mir einen Weg durch die Menge.

Auf dem Abreiteplatz erblicke ich ihn, umringt von einer ganzen Traube von Menschen.

Ich warte ein bisschen ab und beobachte, wie Serge immer wieder umarmt und geküsst wird, Männer klopfen ihm auf die Schulter, ein kleiner, dunkelhaariger Junge wird von ihm sogar auf Soleils Rücken gesetzt. Plötzlich kommt eine hübsche, brunette junge Frau herangewirbelt und wirft sich Serge buchstäblich an den Hals. Sie trägt ein rotes Kleidchen mit weissen Punkten. Ich bezähme meine Eifersucht und sage mir, dass er eine grosse Familie und viele Freunde besitzt und der Fanclub dementsprechend umfangreich ist.

Als hätte er meine Blicke gespürt, sieht Serge zu mir herüber und winkt mich lächelnd heran. Wirkt er eine Spur verlegen? Ich traue mich nicht, ihn auf den Mund zu küssen, sondern gratuliere mit herzlichen Worten und den üblichen ‚Bises'.

Einige der Umstehenden mustern mich neugierig-interessiert.

„Das ist Julia, sie reitet bei mir", stellt Serge mich vor. *Sie reitet bei mir?? Und Julia, nicht mehr Juliette??* Schämt er sich, unsere Beziehung offiziell zu machen oder ist es vielleicht wegen des Altersunterschiedes? Ich bin wie vor den Kopf geschlagen. Er nennt mir einige Namen der anderen, die hübsche junge Frau, die besitzergreifend eine Hand auf seinen Arm gelegt hat, stellt er als Ginette vor. Irgendwo tief in den Windungen meines momentan ziemlich verwirrten Gehirns läutet eine kleine Alarmglocke. Hatte ich den Namen nicht schon mal irgendwo gehört? Es will mir nicht einfallen.

So oder so fühle ich mich hier ein bisschen fehl am Platz und verabschiede mich. „Heute Abend zur gewohnten Zeit zum

Reiten, ja?" ruft Serge mir nach. Ich bejahe winkend und ziehe mich zurück. Irgendwie fühle ich mich innerlich ausgelaugt und verstört.

Auf dem Rückweg zur Hütte gönne ich mir im *Abrivado* einen Pastis und denke über das Geschehen nach. „Was soll's", sage ich mir schliesslich, „Heute Abend frage ich ihn einfach ganz direkt nach dieser Ginette."

Als ich abends zur gewohnten Zeit bei der Ranch ankomme, ist nur ein einzelnes Camargue-Pferd am Balken angebunden. Ich blicke mich suchend nach Serge um. Statt der grossen, lässigen Gestalt meines Cowboys tritt jedoch eine kleine, schwarzgelockte Frau auf mich zu. Ich traue meinen Augen kaum: Ginette!

„Bonsoir", grüsst sie freundlich. „Sie kommen zum Ausritt?" Ich nicke verblüfft und vorübergehend sprachlos. „Mein Mann muss einem Fohlen auf die Welt helfen, er entschuldigt sich für heute Abend", erklärt Ginette. „Ich habe Général für sie gesattelt."

„Général", wiederhole ich stumpfsinnig. Ich fühle mich, als hätte mir jemand mit einer Keule auf den Hinterkopf geschlagen. Ginette... Seine FRAU!!! Mit all meiner Willenskraft reisse ich mich schliesslich zusammen. Es gelingt mir, hervorzustottern: „Sonst habe ich meistens Etoile geritten." Nach Soleil wage ich gar nicht zu fragen, das ist ja eigentlich sein Pferd.

Ginette hebt bedauernd die Schultern. „Tut mir Leid, Etoile ist schon mit einer Gruppe unterwegs. Möchten Sie, dass ich Sie begleite? Serge meinte, Sie seien sicher genug, um auch allein zu reiten."

„Ja, das möchte ich am liebsten, ich kenne mich hier schon gut aus." *Nicht nur die Gegend kenne ich gut, wenn du wüsstest!* denke ich.

Général, gross und mager, mit riesigem Kopf und hervorstechenden Hüftknochen, hätte ich mir bei freier Wahl niemals ausgesucht. Schon die ersten Minuten zeigen mir, dass ich richtig vermutet habe: Seine Gänge sind so hart wie sein Maul, sicher musste er schon Hunderte von Touristen durch die Camargue schleppen.

„Armer Kerl", murmele ich und tätschele ihm den Hals. Und arme Julia... füge ich für mich hinzu. Beim Versuch, das soeben Gehörte zu verarbeiten, beginnen Tränen über mein Gesicht zu rinnen, erst langsam, bald aber sturzbachartig.

„Schuft, elender Lügner!" rufe ich laut. Der Herr General ist zum Glück abgestumpft genug, sich nicht zu erschrecken.

Wie konnte ich so naiv sein, wie eine Fünfzehnjährige auf ein paar Schmeicheleien und heisse Blicke aus schwarzen Augen hereinzufallen... Meine Söhne hatten ja so recht! „Camargue-Gigolo!" schreie ich und versuche, Général zu einem Galopp zu veranlassen, da wir inzwischen eine geeignete Ebene in Strandnähe erreicht haben. Ich möchte nur galoppieren, am liebsten bis ans Ende der Welt, und alles hinter mir lassen.

Passend zu meiner Stimmung hat an diesem Abend der Mistral angefangen, seine kalten Winde über die Camargue zu blasen. Sand weht mir in die Augen und ich fröstele.

„Los, Général, lauf ein bisschen!" Ich treibe mein Pferd an, das endlich in einen zwar harten, aber flotten Galopp fällt. „Schneller!" verlange ich schluchzend. Das ist Général zu viel. Er bockt! Ich fühle mich wie ein Rodeo-Reiter. Ein paar gewaltige Bocksprünge lang gelingt es mir noch, mich auszubalancieren und im Sattel zu bleiben, dann verliere ich endgültig das Gleichgewicht und stürze hart auf den festgestampften Sand. Ein scharfer Schmerz fährt durch meinen rechten Knöchel. Général ist auf und davon, er ist definitiv siegreich aus der Schlacht hervorgegangen und lässt mich als heulendes Häufchen Elend allein in der Einsamkeit zurück...

Ich versuche, aufzustehen. Unmöglich, wieder ein stechender Schmerz. Wie komme ich jetzt nach Hause? Weit und breit weder Mensch noch Tier, mein Handy nehme ich zum Reiten auch nie mit. Ich möchte sterben... Immer lauter schluchzend, lasse ich mich zu Boden sinken.

Die Zeit vergeht, ich weine und schluchze. Da dringt durch einen grauen Nebel schwach eine Stimme in mein Bewusstsein, die fragt: „Hallo, hören Sie mich? Was ist passiert?"

Ich öffne mit Mühe meine verquollenen Augen. Vor mir hockt ein dunkelhaariger Mann in Reitkleidung. Irgendetwas an seinen leuchtend blauen Augen kommt mir vage bekannt vor.

„Geht's wieder?" fragt er freundlich. Er spricht Französisch, aber mit Akzent.

„Mein Fuss!" entfährt es mir auf Deutsch. „Sie sind Deutsche?" fragt er erfreut, ebenfalls auf Deutsch. „Dann zeigen Sie mal her." „Sind Sie Arzt?" gelingt es mir hervorzustossen.

„So ähnlich", schmunzelt er und tastet meinen Fuss ab.

„Aua!" schreie ich auf. „Gebrochen scheint mir nichts", meint er ungerührt. „Dann wollen wir Sie mal hier wegschaffen."

Erst jetzt sehe ich ein hübsches Camargue-Pferd, das brav in der Nähe wartet.

„Können Sie aufstehen? Kommen Sie, ich helfe Ihnen." Mein unbekannter Retter legt mir den Arm unter die Achsel und zieht mich hoch. Er pfeift sein Pferd herbei, das tatsächlich brav zu uns kommt. Mit viel Ächzen und Gejammere meinerseits gelingt es ihm, mich auf den Rücken seines Pferdes zu hieven.

Er führt mich Richtung Dorf. „Wie haben Sie mich eigentlich gefunden?" frage ich, immer noch unter Tränen.

„Nun, als ein reiterloses Pferd an mir vorbeigeprescht ist, dachte ich mir, ich gucke mal nach dem Reiter." „Ja, Général", erwidere ich, den hatte ich vorübergehend vergessen.

„Doktor reicht", grinst er, „mit dem Militär hab' ich es nicht so." „Nein, das Pferd heisst Général", stelle ich richtig und füge verwirrt hinzu. „Wieso Doktor?" „Entschuldigung, ich habe mich noch gar nicht vorgestellt. Ritter, Joachim Ritter." Mich durchfährt es siedend heiß. Natürlich, diese blauen Augen, die stattliche Statur, der Tierarzt!

„Aus Hamburg?" frage ich, obwohl ich die Antwort schon kenne. „Ja", antwortet er erstaunt. „Dann kennen wir uns, ich war kürzlich in Ihrer Praxis, mein Hund hatte ziemliche Angst vor der Impfung."

Er mustert mich eindringlich und Erkennen flackert in seinen Augen auf. „Natürlich, der Irische Setter!" stellt er belustigt fest. „Was für ein Zufall, wie klein die Welt ist!"

Allerdings, denke ich. So ist der ruppige Ritter jetzt tatsächlich mein reizender Retter in der Not geworden...

„Bei welcher Ranch reiten Sie denn hier?" fragt mein Retter. Ich gebe ihm die nötigen Informationen und erzähle dann stockend, wie es zu dem Sturz gekommen ist.

„Und die Schmerzen waren so gross?" fragt er mit Blick auf mein verquollenes Gesicht.

„Nein, eigentlich nicht", stottere ich. „Also, ich habe nicht nur deshalb geweint", ergänze ich tapfer. Mein Retter Ritter nickt wissend, schweigt jedoch taktvoll, was ich ihm hoch anrechne.

Der Rückweg im Schritt dauert lange. Wir sind schon fast eine Stunde unterwegs, als Doktor Ritter fragt, wo er mich denn absetzten solle. Ich erkläre, wo wir wohnen.

„Na, so was", lacht der Ritter, „das ist ja fast schon kein Zufall mehr. In der Strasse wohne ich auch." Ich staune nur noch.

Wir erreichen die Hirtenhütten von hinten auf einem Weg, der am am Etang entlangführt. Ich deute auf unsere Hütte. „Dann sind wir also auch noch Nachbarn! Ich wohne hier rechts."

*Doctor Anonymous! Du meine Güte! Das kann doch nicht wahr sein*, denke ich.

Laut sage ich: „Komisch, dass wir uns nie begegnet sind."

„Ja, schade", meint er. „Gibt es in Ihrem Garten eine Hinter-tür?" Die gibt es zum Glück, sodass Doktor Ritter alias Ano-nymous (immerhin der Doktor stimmt!) mich bis zur Terras-sentür führen kann, bevor er mir behutsam vom Pferd hilft. Die Tür ist nicht verschlossen, obwohl niemand da zu sein scheint. Typisch meine Kinder...

Kurzentschlossen hebt mein Retter mich hoch und trägt mich zum Sofa, wo er mich absetzt.

Bonnie kommt zur Begrüssung angestürmt. Sie bellt und win-selt, windet sich vor Freude und springt am Doktor hoch. „Ah, der Setter", lacht der Ritter und tätschelt Bonnie, „ganz ruhig, schöne Dame."

Und, zu mir gewandt: „Ich versorge schnell mein Pferd, dann komme ich nochmal nach Ihrem Fuss schauen, wenn Sie ein-verstanden sind." Ich nicke dankbar. Wie nett der sein kann...

Dann ist das tatsächlich sein eigenes Pferd und wohnt im Stall, den ich hinter der Nachbarhütte bemerkt hatte.

Ich lasse mich auf die Kissen fallen und die Tränen quellen schon wieder unaufhaltsam aus meinen schon schmerzenden Augen hervor, ich kann einfach nichts dagegen machen. Ich versinke im Selbstmitleid.

„So, da bin ich wieder", ertönt kurz darauf eine forsche Stim-me. Doktor Ritter trägt eine schwarze Arzttasche und setzt sich auf den Rand des Sofas. Behutsam zieht er mir Schuh und Socken aus und betastet meinen Fuss. Wie sanft der sein kann, denke ich erstaunt.

„Wie ich vermutet habe, gebrochen ist höchstwahrscheinlich nichts." Er greift in seine Tasche.

„Ich reibe den Fuss mit einem kühlenden und entzündungshemmenden Gel ein, das können Sie bei Bedarf wiederholen. Wir werden den Fuss kühlen, später mache ich Ihnen einen Stützverband. Wenn die Schmerzen allerdings stärker werden, fahren Sie besser morgen ins Krankenhaus zum Röntgen."

Er hat sogar einen Coolpack dabei, den er mir auf den geschwollenen Knöchel legt.

„Bei der Ranch habe ich übrigens angerufen, das Pferd ist nach Hause gelaufen. Die hatten sich schon grosse Sorgen um Sie gemacht."

„So?", seufze ich und denke automatisch wieder an Serge. Die Tränen fliessen und fliessen, nun wieder vermehrt.

„Möchten Sie ein Glas Wasser?" fragt Doktor Ritter mitfühlend. „Lieber was Stärkeres", entgegne ich unter Schluchzern. „Im Kühlschrank muss noch eine Flasche Rosé stehen."

Er kommt mit dem Wein und zwei Gläsern, erstaunlich schnell hat er sich in meiner Küche zurechtgefunden. Er schenkt ein und prostet mir zu. „Also dann, auf eine schnelle Besserung!" Ich stürze das Glas hinunter, lasse mir nachschenken und schluchze immer lauter.

„Aber, aber... Liebeskummer?" fragt Doktor Ritter hellseherisch. Ich nicke und platze dann heraus: „Der Schuft ist verheiratet!"

„Verstehe", entgegnet er ernst und reicht mir ein gebügeltes, fliederfarbenes Taschentuch. Ein Mann mit Stofftaschentüchern, denke ich und muss unter Tränen lächeln.

„Wie in dem Lied", schluchze ich. Ritter sieht mich fragend an. „Na, im Lied *Niagara* von *Julien Clerc*, wo die von ihrem Liebsten Verlassene in grosse lila Taschentücher weint."

Er schmunzelt. „Das kenne ich leider nicht, obwohl auch ich sehr gern französische Chansons höre."

„Ich weiss", lächle ich. „Ich schlafe auch bei offenem Fenster." „Ah", er versteht. „Hoffentlich habe ich Sie nicht gestört, ich bin ein Nachtmensch, jedenfalls im Urlaub."

Der Ritter wird mir immer sympathischer. Auch Bonnie mag ihn, sie hat sich zu seinen Füssen niedergelassen und blickt anhimmelnd zu ihm auf.

„Ich heisse Julia", nuschele ich mit etwas schwerer Zunge nach dem dritten Glas Wein.

„Joachim", entgegnet der Ritter und fügt hinzu: „ich glaube, du solltest mal einen Happen essen mit dem ganzen Wein."

„Keinen Hunger", lalle ich beseligt. Ritter Joachim lässt sich jedoch nicht abhalten. Er durchsucht den Kühlschrank und baut in kürzester Zeit Käse, Salami und Oliven vor mir auf. Auch ein halbes Baguette hat er im Küchenschrank gefunden.

„Du bist s...o lieb zu mir, mein Ritter", lache ich albern. „Oh, der Wein is' sch...on alle, hast du nicht zufällig ein Fläschchen Sch...naps in deiner Hütte?" Irgendwie habe ich Probleme mit meiner Aussprache...

„Julia, ich glaube, du hast genug getrunken", mahnt Joachim und besteht darauf, dass ich wirklich etwas esse.

Brav versuche ich gegen mein Widerstreben anzukämpfen und knabbere an einem Stückchen Brot mit Käse. Ritter schaut mir befriedigt dabei zu.

Plötzlich geht die Tür auf, Julius und Didi platzen in unsere Idylle.

„Was geht denn hier ab?" ruft Julius erstaunt.

Ich suche nach Worten.

„Eure Mutter hatte einen kleinen Reitunfall", kommt Joachim mir zur Hilfe.

„Alles halb s...o wild", beruhige ich die erschreckten Kinder. Joachim erzählt in knappen Worten, was passiert ist, wofür ich ihm dankbar bin - in meinem benebelten Zustand fällt es mir schwer, klare Sätze zu formulieren.

„Ich mach dir jetzt den Stützverband und dann legst du dich am besten hin, jetzt bist du ja nicht mehr allein", sagt Joachim und macht sich geschickt ans Werk.

„Ihr helft eurer Mutter dann ins Bett, nicht wahr?"

„Klar", antwortet Julius entgeistert.

„Gut, dann geh ich mal. Schlaf gut, Julchen und gute Besserung!" Mit diesen Worten entschwindet er durch die Terrassentür.

„Wer war das??" Julius ist verstört, verständlicherweise.

„Mein Ritter", kichere ich. Angeheitert, wie ich bin, finde ich das alles furchtbar komisch. „Doctor Anonymous in Pers...sona! Uns..ser wunderbarer Nachbar, mein Lebensretter und S..seelentröster!"

„Das war unser Nachbar? Ist der Arzt? Und wieso Seelentröster, hast du sonst noch was, ausser dem verletzten Fuss?"

„Doctor Anonymous? Der sieht ja toll aus!" ruft Didi dazwischen.

Es dauert einige Zeit, bis ich, mühsam die passenden Worte artikulierend, alles zur Zufriedenheit meines Sohnes erklären kann. Von Serge und meinem Liebeskummer erwähne ich natürlich kein Sterbenswörtchen.

„Also gut, Mami, dann helf' ich dir mal die Treppe rauf in dein Zimmer", sagt mein Sohn endlich väterlich.

„Lass man, kann auch wunderbar auf dem S..sofa sch...lafen", lalle ich.

Julius bleibt aber beharrlich und schafft es, mit Didis Hilfe, mich die kleine, schmale Treppe in meine Kemenate hinaufzubugsieren und aufs Bett zu legen. Didi stellt mir noch ein Glas Wasser auf den Nachttisch und meint, mit einem bedeutungsvollen Blick zu Julius: „Das tut ihr jetzt sicher gut."

Julius wünscht mir eine gute Nacht. „Wenn du noch was brauchst, Mami, einfach rufen!"

Ich winke den Kindern dankend nach und falle innerhalb von Sekunden in Tiefschlaf, trotz Liebeskummer und schmerzendem Knöchel. Wozu Freund Alkohol doch manchmal gut ist...

## Kapitel 16

*Heile heile Segen, drei Tage Regen, drei Tage Schnee, tut dem Kinde nichts mehr weh...*[1]

Ich erwache von pochenden Schmerzen in meinem Schädel. Die Sonne scheint ins Zimmer und mir ins Gesicht, ich kneife die Augen zu. *Da war doch was?* Ich taste nach meinem verbundenen Fuss und gleich einem gelüfteten Vorhang im Theater, der das Geschehen auf der Bühne offenbart, habe ich alle gestrigen Ereignisse wieder lebhaft im Bewusstsein.

„Verdammt...", stöhne ich, „so was kann auch nur mir passieren!"

Mit Mühe hinke ich die Treppe hinunter. Die Kinder sitzen einträchtig auf der Terrasse beisammen und frühstücken. Bonnie erblickt mich, stürmt auf mich zu und wirft mich fast um.

„Mami!" ruft Alex, der gestern offenbar spät heimgekehrt, aber schon über alles informiert ist. „Du machst mir ja schöne Sachen."

Die besorgten Kinder bugsieren mich auf einen Stuhl, Didi giesst mir Kaffee ein und erkundigt sich nach meinem Fuss.

„Wenn ich ihn nicht bewege, tut er gar nicht mehr weh", beruhige ich die Kinder, nicht ganz wahrheitsgemäss. Ich bin gerührt über ihre Sorge. Ich muss noch etliche Fragen beantworten, bis sie einigermassen beruhigt sind.

---

[1] Deutsches Kinderlied

„Können wir dich wirklich allein lassen?" fragt Julius nochmals, bevor sie später zum Strand aufbrechen.

„Klar", ich lächle heldenhaft. „Ich liege hier ganz gemütlich auf der *Chaise longue* und lese. Bonnie leistet mir Gesellschaft." Die Angesprochene hat ihren Namen vernommen und legt, wie zur Bekräftigung meiner Worte, ihre Pranke auf meinen Oberschenkel. Die Liege steht im Schatten unter dem Olivenbaum.

„Der Namensgeberbaum unserer Vermieterin", hatte Didi gescherzt.

Allein gelassen, schliesse ich die Augen und gegen meinen Willen kommen die Erinnerungsfetzen von gestern zurück. Ich höre wieder Ginette, die mir, wie selbstverständlich, erklärt: „Mein Mann entschuldigt sich für heute Abend..."

Ihr Mann...

Die Tränen steigen mir wie von selbst wieder in die Augen und nach kurzer Zeit erfüllen meine Schluchzer die Stille des einsamen Gartens. Bonnie versucht, mir die Wangen abzulecken, dabei wedelt sie verunsichert mit dem Schwanz. Ich versuche schwach, sie abzuwehren, als plötzlich eine, mir inzwischen nur allzu bekannte, melodische Stimme ertönt.

„Madame 'Ansen, sind Sie da? Ich bin's, Colette Olivier."

Schon schreitet meine Vermieterin hurtig um die Hausecke und entdeckt mich. Sie ist ganz in Himmelblau gekleidet, mit einem kaftanartigen, flatternden Gewand, passendem Schal und rosa Sandaletten. Dazu, wie stets, der obligatorische Cowboyhut.

Bonnie hüpft freudig auf sie zu und wirft die zierliche Person fast um, als sie sie anspringt, was der resoluten Dame nichts auszumachen scheint.

„Ah, da sind Sie ja!" trällert sie triumphierend und kommt zu mir herüber, umkreist von der winselnden Bonnie. Als sie meinen verheulten Zustand und den bandagierten Fuss entdeckt, ruft sie mitleidig aus: „Ma pauvre petite [1], was ist denn los, haben Sie sich verletzt?"

In möglichst wenigen Worten informiere ich die ehrlich besorgte Dame über meinen Reitunfall.

„Ohlala..., aber Serge hat Sie zum Arzt gebracht?"

Als ich einräume, dass ich allein ausgeritten bin, ist sie schockiert. „Was hat Serge sich denn dabei gedacht? Hat er sie immer allein reiten lassen?" empört sie sich.

„Nur gestern", schniefe ich. Eine seiner Stuten hat gefohlt. Auf der Ranch war nur seine... Frau!" Bei diesen Worten schluchze ich wieder auf, ich kann mich einfach nicht beherrschen.

Madame Olivier mustert mich scharf, bis ihre Augen verstehend aufblitzen.

„Mein armes Kindchen", sie tätschelt mir mitfühlend die Hand, „Sie haben sich in den Kerl verliebt?!" Mein Schweigen ist Antwort genug.

---

[1] "Meine arme Kleine"

„Ja, Serge ist ein *beau garçon*, auch charmant genug, den Mädchen den Kopf zu verdrehen. Leider ist er aber auch ein stadtbekannter *Filou*."

Der Camargue-Gigolo, fährt es mir durch den Kopf. Hätte ich doch nur auf meine vernünftigen Söhne gehört...

„Und seine Frau? Was sagt die dazu?" frage ich empört und füge hinzu: „Ich wusste übrigens bis gestern nicht, dass er verheiratet ist."

„Er hat sogar einen kleinen Sohn, Raoul." erklärt meine Vermieterin. Plötzlich fällt mir wieder der hübsche, schwarzlockige Junge ein, der nach der Dressurprüfung auf Soleils Rücken sass.

„So ein betrügerischer Schuft! Ich bin so blöde, immer falle ich auf die Falschen rein!" Meine Wut hat immerhin den Effekt, die Tränenflut zu stoppen.

„Da sind Sie nicht die einzige, auch ich hatte mehrmals Pech mit den Männern, bis ich meinen Marc kennenlernte", gibt Madame Olivier zu meinem Erstaunen bekannt. „Der Richtige wird bestimmt noch kommen."

„Da muss er sich aber langsam mal beeilen, ich bin auch nicht mehr die Jüngste!" bringe ich verbittert hervor.

Madame Olivier lacht schallend und glockenhell. „Sie sind doch noch ein Küken!" Sie umarmt mich und hüllt mich in eine Wolke von Maiglöckchenduft ein. Irgendwie mag ich sie, sogar sehr, auch wirkt ihre feminine und gleichzeitig mütterliche Gegenwart seltsam tröstlich.

„Aber was ist nun eigentlich mit Ihrem Fuss?"

„Unser Nachbar hat sich darum gekümmert, ist nur verstaucht. Er hat mich auch nach Hause gebracht."

„Nachbar?", fragt sie verwirrt. „Ist er Arzt?"

„Nein, aber Tierarzt", erkläre ich.

Wie auf's Stichwort öffnet sich die rückseitige Gartentür und Joachim Ritter betritt die Bühne.

Bonnie kann sich kaum beruhigen, zwei Besucher an einem Morgen! Sie kann sich fast nicht entscheiden, wem sie ihre Gunst zuerst schenken soll, das heisst, wem sie ihre Pranke auf's Bein knallen und ihn dabei anbetend anblicken kann.

„Ich wollte mal nach deinem Fuss sehen", sagt Joachim. Ich stelle ihm meine Vermieterin vor, die befriedigt verfolgt, wie er geschickt den Verband abwickelt und meinen Fuss behutsam betastet.

„Oh, das gefällt mir nicht. Die Schwellung ist noch nicht wirklich zurückgegangen", stellt mein Doktor besorgt fest. „Hast du noch Schmerzen?"

„Nur im Kopf", erwidere ich. Verstehend grinst er mich an. „Der gute *Côte de Provence,* ja ja... Und der Fuss tut gar nicht weh?"

„Naja, doch..." gebe ich zu.

„Also doch kein Schriftsteller, umso besser", trumpft Madame Olivier auf.

„Schriftsteller?" Joachim ist verwirrt.

Colette Olivier lächelt rätselhaft und verschwörerisch.

„Hier im Ort gibt es übrigens einen ausgezeichneten Arzt, Docteur Chen. Er ist mein Hausarzt. Ich schreibe Ihnen mal die Nummer auf, für alle Fälle."

Sie öffnet ihr Handtäschchen, zückt ein kleines, geblümtes Notizbuch, reisst eifrig eine Seite heraus und notiert die Telefonnummer. „Voilà!" erklärt sie zufrieden. Dann verabschiedet sie sich diskret. „Bon, je m'en vais! Ich muss meine Fischsuppe kochen. Wie ich sehe, sind Sie ja in guten Händen."

Winkend verschwindet sie Richtung Strasse, kurz darauf hören wir den Motor ihres alten Renaults aufheulen.

Joachim und ich schauen uns an und müssen beide losprusten.

„Die ist ja reizend", meint Joachim. „Aber was sehe ich?" Er wischt mir sanft ein paar Tränenspuren von den Wangen. „Du hast schon wieder geweint?"

„Ich bin leider eine ziemlich emotionale Frau", sage ich leichthin.

„Das gefällt mir gerade an dir", erwidert Joachim sanft. „Trotzdem sollten wir, denke ich, den Rat deiner reizenden Wirtin beherzigen und deinen Fuss bei einem ‚richtigen' Arzt -er grinst- röntgen lassen."

Eine halbe Stunde später hinke ich, gestützt von meinem Kavalier und Retter-Ritter, zu seinem geräumigen Auto mit HH-Nummer, was mich ganz heimatlich anmutet. Er hilft mir beim Einsteigen.

„Ich dachte, der Deux Chevaux gehört dir", bemerke ich, auf die uralte, verbeulte ‚Ente' deutend.

„Ja, den lasse ich immer hier, weil ich meistens von Hamburg aus fliege. Aber diesen Sommer kann ich drei Wochen lang bleiben, da bin ich mit meinem richtigen Wagen gekommen", erklärt Joachim.

Die Fahrt ist kurz, da die Praxis des Arztes ganz in unserer Nähe, am *Etang des Launes*, in der *Rue des Flamants* liegt, offenbar ist es die einzige Arztpraxis des Ortes.

Wir läuten, treten ein und blicken erstaunt in einen dämmrigen Flur mit einigen geschlossenen Türen. Kein Empfang, keine Arzthelferin. Auf einer Tür steht *Salle d'attente*.

„Lass uns mal schauen", meint Joachim. Im Wartezimmer sitzen bereit drei Personen, ein älteres Ehepaar und ein junger Mann, gekleidet wie einer der Stierhirten, mit kariertem Hemd und Reithose.

Das Wartezimmer ist sehr einfach eingerichtet: Als einziges Mobiliar stehen Stühle an den Wänden, welche mit Postern und Informationsplakaten über demnächst stattfindende Veranstaltungen, Aufforderungen zum Blutspenden und Reklamen von Restaurants bedeckt sind. Es wirkt hier eher wie in der Wartehalle eines Bahnhofs als wie in einer Arztpraxis.

„Entschuldigung, gibt es hier keine Rezeption?" frage ich in die Runde. Kopfschütteln allerseits. Wir haben vorher nicht angerufen, deshalb hoffe ich, vom Arzt heute überhaupt noch angenommen zu werden.

„Lass das mal meine Sorge sein." Joachim legt mir beruhigend die Hand auf den Arm.

Die Tür öffnet sich, und ein freundlich aussehender, älterer Chinese erscheint. Joachim springt auf und tritt auf ihn zu. „Doktor Chen? Entschuldigen Sie, dass wir uns nicht angemeldet haben, aber es handelt sich um einen Notfall."

Kurz darauf sitzen wir im Sprechzimmer des in der Tat sehr liebenswürdigen Arztes, der ein akzentfreies Französisch spricht. Er untersucht meinen Fuss und wiegt dann bedenklich den Kopf.

„Ich denke zwar nicht, dass etwas gebrochen ist, aber Füsse sind fragile Körperteile. Leider habe ich hier keinen Röntgenapparat. Ich werde Sie in Arles im Krankenhaus anmelden, beim Notfall, dann kommen Sie bald dran."

Schon greift er zum Telefonhörer und erstickt damit jegliche Proteste meinerseits. „Das ist wirklich besser, glaub mir", flüstert Joachim mir zu.

Der Arzt telefoniert eine Weile und schildert meinen Fall.

„Alles geregelt, man erwartet Sie dort", stellt Doktor Cheng dann zufrieden fest.

Ich bezahle für die Konsultation 25 Euro, man stelle sich das, im Gegensatz zu ärztlichen Honorarrechnungen bei uns, vor, und erhalte eine Quittung für meine Krankenkasse.

„Gute Besserung, Madame 'Ansen", sagt der Arzt zum Abschied und geleitet uns zur Tür.

Joachim hilft mir zu seinem Auto. „Auf nach Arles!" ruft er fröhlich.

„Das kann ich doch nicht auch noch von dir verlangen, wo du mich gestern schon gerettet hast", wende ich ein.

„Ach was, es ist mir ein Vergnügen. Ausserdem fühle ich mich jetzt für dich verantwortlich, auch als Tierarzt." Er zwinkert mir zu.

Arles ist 38 Kilometer entfernt. Wir durchqueren das schöne Hinterland der Camargue. Zuerst flankieren Pferdehöfe und Hotels die Landstrasse, bis schliesslich nur noch Landschaft mit schilfgesäumten Tümpeln und Weiden mit Pferden und Stieren um uns ist. Wir sehen sogar einige Flamingos auffliegen!

Nach einer guten halben Stunde taucht die Peripherie von Arles am Horizont auf. Ich kenne und liebe diese kleine Stadt mit ihren Sehenswürdigkeiten, die vor allem auf die Römer zurückzuführen sind, wie das grosse Amphitheater, in dem noch heute Stierkämpfe stattfinden. Dann gibt es die entzückende Altstadt mit ihren Gässchen und feinen, kleinen Restaurants. Auch erinnere ich mich mit Vergnügen an den Besuch im Van-Gogh-Museum, einem der impressionistischen Maler, der längere Zeit in der Camargue gelebt hat und diese flache Landschaft liebte, weil sie ihn an seine Heimat Holland erinnerte.

Heute jedoch lassen wir die eigentliche Stadt links liegen (im wahrsten Sinne des Wortes) und wenden uns nach rechts zu den Aussenbezirken der Stadt, wo der riesige Komplex des *Centre Hospitalier d'Arles* liegt.

Die Gebäude erscheinen mir bei aller Zweckmässigkeit ziemlich hässlich, der sie umgebende Park ist jedoch, mit hohen, alten Bäumen und einem Ententeich, wunderschön.

„Hier abbiegen, da steht *Urgences"*, mache ich Joachim auf das Schild aufmerksam.

Wir erreichen den Eingang zur Notfallstation. Joachim hilft mir beim Aussteigen.

„Warte kurz, ich parke nur schnell da drüben", weist er mich an. Ich füge mich gehorsam, wobei ich mein Gewicht auf den gesunden Fuss verlagere. Der andere schmerzt zurzeit wieder höllisch.

„Bin schon da!" Joachim stützt mich kräftig und ich humpele mit ihm durch die grosse Tür.

Wir betreten eine Halle mit etlichen, auf Wartebänken hockenden Patienten. Logischerweise sehen die meisten bedrückt aus oder verziehen sogar, schmerzgepeinigt, das Gesicht. Eine Mutter hält ein wimmerndes Kleinkind auf dem Schoss und tröstet es, ein wie ein Bauarbeiter gekleideter Mann humpelt heran, ähnlich wie ich, nur hat er einen blutigen Verband ums Schienbein gewunden. Eine ältere Frau hält die Hand ihres leichenbleichen Mannes, der die Hand auf's Herz gedrückt hat. Alles in allem ein Bild des Schreckens...

Wir bringen in Erfahrung, dass wir zuerst eine Nummer aus einer Maschine ziehen müssen, ähnlich wie bei uns auf der Post oder beim Arbeitsamt, nur um, wenn wir an der Reihe sind, an einen der Schalter treten zu können... Da wir kein ‚lebensbedrohlicher' Notfall sind, müssen wir zuerst das Administrative erledigen, obwohl Doktor Chen uns angemeldet hat.

Nach zwanzigminütiger Wartezeit blinkt endlich unsere Nummer auf. Zum Glück habe ich mein Krankenkassenkärtchen dabei. Wir erhalten ein Formular, offenbar für den behandelnden Arzt bestimmt, mit der Aufforderung, zu warten, bis wir von der zuständigen Krankenschwester abgeholt werden. Joachim holt uns einen Kaffee aus dem Automaten und wir warten erneut.

„Danke, dass du das alles mitmachst. Ohne dich wäre ich aufgeschmissen gewesen."

Ich meine es ehrlich, denn keiner meiner Söhne hat bis jetzt den Führerschein erworben. Julius ist zu jung und Alex meint, in Hamburg brauche er sowieso kein Auto und als Student habe er nicht die Kohle für solche Extras.

„Julia, das mache ich wirklich gern!" Joachim sieht mir, wie so oft mit einem ironischen Funkeln, in die Augen. „Wer weiss, wie du dich mal revanchieren kannst..."

Leicht verwirrt überlege ich mir gerade eine passende Entgegnung, als eine freundliche, junge Krankenschwester erscheint und fragt: „Madame 'Ansen, c'est bien vous?"

Erleichtert, dass ich endlich dran bin, humpele ich, auf Joachim gestützt, hinter ihr her.

„Attendez!" Im Nu hat die flinke Schwester einen Rollstuhl organisiert, in den ich mich aufatmend plumpsen lasse. Die Gänge in diesem Krankenhaus scheinen mir endlos lang zu sein, wahrscheinlich hätte ich in meinem Humpelgang stundenlang bis ins Behandlungszimmer gebraucht. Wir nehmen den Lift in den ersten Stock.

Endlich öffnet die Schwester eine Tür zu einem kleinen Zimmer. „Herr Doktor kommt sofort", verspricht sie.

Nach kaum zwei Minuten betritt ein grosser, sonnengebräunter Mann mit blonden, langgewellten Haaren im weissen Kittel das Zimmer und schüttelt mir freundlich die Hand. Er blickt mich aus strahlenden, hellblauen Augen durchdringend an.

Der verbringt bestimmt jede freie Minute am Strand, durchtrainiert und braungebrannt, wie der aussieht. Entweder ist er Surfer oder Segler, schiesst es mir durch den Kopf, und ich unterdrücke ein Grinsen. Der Arzt stellt sich als Doktor Kübeli vor. Wahrscheinlich bemerkt er mein Erstaunen über diesen wenig Französisch klingenden Namen und erklärt auf Deutsch: „Ich stamme aus dem Elsass!"

Aha!...

Er blättert in einem Ordner. Offenbar hat er von Doktor Cheng bereits alle relevanten Informationen erhalten, ich muss gar nicht mehr viel sagen.

„Ja, die Camargue-Pferde können temperamentvoll sein", meint er verständnisvoll.

Behutsam untersucht er nun meinen Fuss. Trotzdem stöhne ich immer wieder vor Schmerzen auf.

„Alors, das wollen wir lieber röntgen. Nur einen Moment, die Schwester bringt sie gleich rüber. Monsieur kann gerne hier warten."

So lange wir anfangs warten mussten, so flott und reibungslos geht jetzt alles vonstatten. Das gesamte medizinische Personal ist sehr liebenswürdig und arbeitet speditiv.

„Sie sind hier in den Ferien? So ein Pech!" meint die Röntgenassistentin mitfühlend.

Eine andere Krankenschwester bewundert meinen silbernen Camargue-Kreuz-Anhänger. „Hübsch!" lobt sie.

Schon nach kurzer Zeit werde ich wieder ins Behandlungszimmer und zum dort wartenden Joachim geschoben.

„Und? War es schlimm?" Ich verneine. „Kopf hoch, das wird schon", sagt er aufmunternd.

Kurz darauf erscheint Doktor Kübeli und lächelt mich zufrieden an.

„Gebrochen ist nichts!" Ich atme auf. „Offenbar eine schlimme Verstauchung, das kann auch sehr schmerzhaft sein. Sie sollten den Fuss kühlen und hochlagern. Ich verschreibe Ihnen ein Schmerzmittel und eine Salbe."

„Bekomme ich keinen Verband?" frage ich schüchtern.

„Ich mache Ihnen einen leichten Stützverband, zu Hause sollten Sie ihn aber wieder abnehmen. Das engt den ohnehin geschwollenen Fuss zu sehr ein. Wenn es in drei Tagen noch nicht besser ist, müssen Sie allerdings nochmals kommen. Dann würden wir eine CT machen, um Sehnenverletzungen auszuschliessen."

Ich erhalte sogar eine Krücke und komme mir langsam wie eine Invalidin vor...

Wir bedanken uns artig und werden entlassen. Die freundliche Schwester, die sich als Christine vorgestellt hat, schiebt mich im Rollstuhl zurück und bis auf den Parkplatz vor das Auto. Dankbar winke ich ihr zu, als wir abfahren, und lasse mich erschöpft in den Sitz sinken.

„Das hast du geschafft, und bald bist du zu Hause und kannst dich und deinen Fuss ausruhen", tröstet mich Joachim. Dann fügt er hinzu: „Sag mal, bist du nicht hungrig? Ich sterbe inzwischen vor Hunger. Wir könnten doch unterwegs eine Kleinigkeit essen gehen, was meinst du?"

So verlockend dieses Angebot klingt, denn auch mir knurrt der Magen, lehne ich ab, weil ich an die Kinder denke.

„Die machen sich doch inzwischen Sorgen, ich habe ihnen nicht einmal einen Zettel mit einer Nachricht hinterlassen. Und mein Handy habe ich auch vergessen..."

„Hier, nimm meins!" Joachim reicht mir sein Handy. Errötend muss ich gestehen, dass ich leider die Nummern meiner Söhne nicht auswendig kenne. Ich bin nun mal kein Zahlenmensch...

„Na, dann nichts wie zurück!" Joachim gibt Gas.

Zu Hause angekommen bekomme ich von Joachim Tipps, wie ich die Krücke am besten benutzen sollte, und ich humpele allein vom Auto zum Haus. Von der Terrasse her ertönt laute Rap-Musik, die Kinder sind also zu Hause. Tatsächlich, sie spielen im Garten *Boules*, wie immer aufmerksam von Bonnie beobachtet, die nur darauf lauert, sich eine der Kugeln zu schnappen. Jetzt läuft sie, vor Freude winselnd, auf mich zu, springt mich an und bringt mich fast aus dem Gleichgewicht.

„Mami! Endlich!" ruft Julius vorwurfsvoll, als er meiner ansichtig wird. Und, mit einem erschreckten Blick auf meine Krücke: „Was hast du denn gemacht?!"

„Warst du beim Arzt?" fällt Alex ein. „Wir haben uns solche Sorgen gemacht!"

„Alles in Ordnung", versuche ich mir Gehör zu verschaffen. „Ich war im Spital zum Röntgen, aber es ist nichts gebrochen."

„Du hättest uns wirklich eine Nachricht aufschreiben sollen, wenn du schon nicht zu erreichen bist!" Didi hält mein Handy anklagend in die Luft. „Das lag auf deinem Nachttisch!"

Schuldbewusst wie ein Schulmädchen, das etwas ausgefressen hat, entschuldige ich mich in aller Form bei den Kindern, bis sich Joachim einmischt.

„Eure Mutter sollte jetzt vor allem mal ihr Bein hochlegen, sie hat Schmerzen."

Sogleich überstürzen sich alle vor Hilfsbereitschaft. Julius führt mich zur Gartenliege und unterstützt mich beim Hinlegen, Alex schleppt flink zwei Kissen herbei, die er vorsichtig unter meinen Fuss schiebt.

„Ich bringe Eiswürfel, zum Kühlen!" Didi stürzt beflissen in die Küche.

„Wir haben auch schon angefangen, zu kochen. Spaghetti und Salat, du musst dich um gar nichts kümmert", erklärt Julius stolz.

„Das ist übrigens Joachim, unser Nachbar. Er hat mich ins Krankenhaus gefahren", erkläre ich Alex.

„Ah, der geheimnisvolle Retter!" Alex schüttelt Joachim männlich die Hand und bedankt sich wohlerzogen für seine Hilfe.

„Wie ich sehe, kümmert man sich gut um dich, dann will ich mal", lächelt Joachim.

„Iss doch mit uns", bitte ich.

„Ein andernmal gern. Ich muss aber noch die Pferde bewegen, bevor es dunkel wird." Tatsächlich ist es bereits früher Abend.

„Das mit dem Essen holen wir aber nach, und ich fahre noch schnell zur Apotheke und hole dir deine Medikamente."

„Du bist wirklich ein Schatz", erwidere ich gerührt.

Er grinst komplizenhaft und entschwindet raschen Schrittes durch die hintere Pforte.

## Kapitel 17

*Alles kann besser werden...*[1]

Die Schmerzen haben allmählich nachgelassen und ich bin vor Erschöpfung in einen tiefen, traumlosen Schlaf gefallen. Am nächsten Morgen fühle ich mich viel besser, auch der Fuss ist nicht mehr so geschwollen. Joachim hatte mir am Abend noch die Medikamente vorbeigebracht, wie versprochen.

Die Kinder haben das Frühstück zubereitet und ich liege schon wieder auf der Gartenliege, als Joachim durch die Hinterpforte tritt.

„Wie geht es unserer Patientin heute?" erkundigt er sich und untersucht sogleich mit sanften Händen meinen Fuss.

„Sieht viel besser aus", meint er zufrieden.

„Wie wäre es mit einem kleinen Ausflug, um dich ein bisschen auf andere Gedanken zu bringen?" Zweifelnd blicke ich auf meinen Fuss.

„Kann doch nicht laufen", wende ich ein.

„Aber fahren sollte ja kein Problem sein, komm, lass dich überraschen, ich trage dich auch zum Auto!"

Ich lasse mich überzeugen. Etwas Ablenkung könnte mir wirklich gut tun.

---

[1] Lied von Xavier Naidoo, 2009

„Ich mache mich nur etwas frisch, wartest du auf mich? Wir haben noch Orangensaft im Kühlschrank." Ich humpele, auf meine Krücke gestützt, ins Haus.

„Lass dir Zeit, ich kenne mich hier ja inzwischen aus", sagt Joachim und legt sich auf die jetzt freie Liege, Bonnie zu seinen Füssen.

Zwanzig Minuten später, ich bin geduscht und in ein duftiges Sommerkleid gehüllt, hilft Joachim mir in sein Auto. Sein anerkennender Blick, als er mich im veränderten Outfit mustert, tut meinem angeschlagenen Ego richtig gut. Bonnie begleitet uns, sie springt brav auf den Rücksitz.

„Wohin fahren wir denn?" will ich neugierig wissen.

„Nicht weit, lass dich überraschen", antwortet Joachim gut gelaunt.

Von Überraschungen habe ich eigentlich erstmal genug, werde ich doch wieder an das Picknick mit Serge erinnert. Na gut, warten wir ab...

Unsere Fahrt ist tatsächlich nur kurz. Nachdem wir ein Stück der Küstenstrasse gefolgt sind, biegen wir links auf eine Sandpiste in Strandnähe ab, um alsbald auf einem Parkplatz zu halten.

„Ich weiss, hier fährt der Tiki 3 ab!" rufe ich erfreut.

„Genau", grinst Joachim. „Boot fahren kannst du ja auch ohne Anstrengung."

Der Tiki 3 ist ein altes Schiff im Stil der Mississippi-Dampfer, welches an der Mündung des *Petit Rhône* ablegt, den Fluss hinauffährt und den Passagieren wunderschöne Einblicke in die Tier- und Pflanzenwelt der Camargue bietet. Vor Jahren habe ich so eine Fahrt mal gemacht und war begeistert.

Joachim stützt mich galant auf dem Weg vom Auto bis zum Schiff und über die Rampe bis zum Bug, wo ich mich aufseufzend wenig graziös auf eine der Bänke plumpsen lasse. Mein Fuss pocht, gut, dass ich jetzt nur noch sitzen muss.

Der Dampfer legt ab und wir tauchen in die unberührte Camargue mit den schilfbestandenen Ufern ein. Die Touristen zücken ihre Kameras. Der Kapitän informiert uns in humorvoller Art per Mikrophon über alles Sehenswerte: Es gibt unzählige Vogelarten und bald auch die ersten Stiere zu bewundern, die wegen der Hitze oft bis zum Bauch im Wasser stehen und das Schiff gelassen beobachten.

Joachim bringt mir zuvorkommend eine Coca, an Bord gibt es eine kleine Bar.

„Das war eine tolle Idee, danke!" lächle ich ihn an. Er prostet mir mit seinem Wasser zu und zwinkert: „Diesmal ohne Alkohol, auf dich, Julchen!"

Irgendwie süss, dieses Julchen, denke ich, klingt zwar weniger charmant als Juliette, aber schön bodenständig.

Höhepunkt der Tour ist ein Stopp in Ufernähe. Von hier aus können wir beobachten, wie Stuten mit Fohlen von einem *Gardian* heran getrieben werden und dann dort ihr Heu erhalten. Die meist braunen oder grauen Fohlen mit ihren winzigen Köpfchen und staksigen, langen Beinen folgen ihren weissen Müttern dicht auf, jede Bewegung, jede Drehung, ist identisch. Die Kleinsten beginnen sogar bei den Mamas zu trinken.

Dieser Anblick ist so rührend, dass mir (mal wieder) die Tränen in die Augen steigen.

„Du bist wirklich emotional", höre ich Joachim dicht neben mir raunen, „aber mir gefällt das!"

„Warte nur, bis die Stierkälber kommen", versuche ich zu scherzen. Und wirklich, wir halten an einer anderen kleinen Bucht, wo neben den schwarzen Kühen auch entzückende Kälbchen herumspringen. Ich bin ganz verklärt und geniesse den Anblick dieser winzigen Wesen, die nicht viel grösser als Bonnie sind. Bonnie selbst bleibt trotz all der Tiere ziemlich gleichgültig, sie hat sich in den Schatten unter der Bank verkrochen.

„So eins hätte ich gern im Garten!" spreche ich meine Gedanken laut aus.

„Um dann später einen ausgewachsenen Stier auf die *Courses de Taureaux* zu trainieren?"

„Warum nicht?" Ich wundere mich über mich selbst, dass ich schon wieder herumalbern kann. Der Ausflug scheint mir richtig gut zu tun, oder ist es Joachim?

*Aufpassen, Julia, du hast gerade eine schlimme Enttäuschung hinter dir, reicht das noch nicht?* flüstert die Emanzen-Stimme in meinem Kopf. *Ist ja gut, halt den Mund*, weise ich sie in Gedanken zurecht.

Gegen Ende der gut zweistündigen Tour weist der Kapitän darauf hin, dass Trinkgelder bei der freundlichen Besatzung sehr willkommen sind.

„Wir funktionieren nicht mit Benzin, sondern mit Pastis!" erklärt er mit seinem sympathischen, südfranzösischen Akzent.

„Einen Pastis könnten wir jetzt auch vertragen, was meinst du, Julia?" fragt Joachim lächelnd.

„Sehr richtig", entgegne ich vergnügt. „Und als kleines Dankeschön für meine Rettung gestern und für diesen tollen Ausflug möchte ich dich gern zum Essen einladen!"

„Einverstanden mit dem Essen, aber über die Rechnung reden wir dann noch", meint Joachim, ganz der Gentleman.

Er gibt dem Matrosen dann auch ein grosszügiges Pastis-Trinkgeld, als wir von Bord gehen bzw. humpeln.

Wir fahren Richtung Ort. „Ich kenne ein nettes kleines Restaurant am *Etang*, da können wir fast vor der Tür parken und du kannst deinen Fuss schonen", schlägt Joachim vor. Ich bin gerührt, wie rücksichtsvoll er ist. „Die haben immer frischen Fisch!" fügt er hinzu.

Mir läuft das Wasser im Munde zusammen, unsere Bootstour hat mir richtig Appetit gemacht.

Kurz darauf sitzen wir im Schatten an einem rustikal gedeckten Tisch. Das Restaurant *Bar de l'étang* wirkt sehr gemütlich. Gelbe Tischdecken und Kissen sind im Provence-Stil mit Olivenranken bedruckt. Alsbald stehen ein Körbchen knuspriges Baguette, eine Karaffe Wasser und hausgemachte, vom Besitzer offerierte *Tapenade* vor uns. Ungefragt bringt die nette Kellnerin einen Napf mit Wasser für Bonnie.

Ich bestelle als Entrée meine geliebten *Tellines,* danach entscheiden wir uns auf Empfehlung des Patrons für frische Doraden vom Grill. Dazu ein Glas gut gekühlter Rosé und die Welt ist wieder in Ordnung.

Wir prosten uns zu, schon wieder, denke ich lächelnd. „Auf dass dein Fuss ganz schnell wieder heil werde", sagt Joachim. „Auf meinen edlen Retter Ritter!" Joachim lacht.

Die Tellines schmecken himmlisch, ich stippe auch den letzten Rest Sauce mit Baguette auf. Zum Glück gibt es eine kleine Pause, bevor der Fisch serviert wird.

Ich blicke auf den Etang und fühle mich herrlich entspannt. Ein paar Flamingos stehen in der Ferne auf einem Bein im Wasser.

„Schade, Didi verpasst sie jedes Mal." Ich erzähle Joachim von Didis Wunsch, endlich mal Flamingos zu sehen.

„Du hast tolle Kinder", meint Joachim. Ich kläre ihn über unsere interfamiliären Beziehungen auf.

„Ah, Didi ist also die jugendliche Geliebte... nett von dir, sie mitzunehmen!"

„Ich bin nett", lache ich und frage dann neugierig: „Wie lange hast du schon die Hirtenhütte?"

„Schon seit fünf Jahren", entgegnet er. „Die Camargue ist mein Zufluchtsort, wann immer ich zu viel Stress habe oder der Himmel über Hamburg zu grau ist."

„Kann ich gut verstehen", seufze ich. „Wo ist eigentlich deine Praxis?"

„In Fuhlsbüttel, etwas im Grünen. Da bin ich als Kind schon immer gern reiten gegangen."

„Und wo bleibt dein Pferd, wenn du in Hamburg bist?"

„Es sind sogar zwei Pferde, Mutter und Sohn. Zuerst habe ich Kleopatra von einem befreundeten Züchter gekauft, später hat sie ein Fohlen bekommen, Antonius, das habe ich auch behalten." Ich schmunzele über die Namen, auch wenn Antonius ja eigentlich nicht Kleopatras Sohn war...

„Ich habe die kleine Weide am Rand des Etang gepachtet. Wenn ich nicht hier bin, bringe ich sie auf den Hof meines Freundes, da laufen sie dann mit seinen Pferden. Sind fast immer draussen."

Eigentlich lebt er meinen Wunschtraum, denke ich. Ob da gar keine Frau ist? So dreist, mich danach zu erkundigen, bin ich jedoch nicht.

„Wenn dein Fuss besser ist, können wir ja mal zusammen ausreiten. Antonius ist noch etwas ungebärdig, aber meine sanfte Kleopatra kennst du, sie hat dich vorgestern ja brav nach Hause getragen."

„Das wäre schön", entgegne ich, „hoffentlich kann ich bald wieder reiten, das geht vielleicht besser als laufen."

Der Fisch kommt. Das zarte, würzige Fleisch zergeht auf der Zunge, ein Hochgenuss. „Das war wirklich ein Festessen!" seufzt Joachim nach Beendigung des Mahls. „Und jetzt solltest du, glaube ich, deinen Fuss etwas hochlegen und dich ausruhen."

Ich bin einverstanden. Als ich nach der Rechnung verlange, sagt Joachim leichthin: „Schon erledigt, es war mir ein Vergnügen, Madame."

Mir fällt ein, dass er vorhin an der Bar kurz mit dem Patron getuschelt hat. Als ich protestiere, lächelt er nur: „Du wirst bestimmt noch Gelegenheit bekommen, mir etwas zu spendieren."

Kurz darauf halten wir vor meiner Hütte. Bonnie rast in den Garten, hoch erfreut, den winzigen Nachbarshund wieder mal tüchtig ankläffen zu können. Die französische Familie winkt lachend herüber, während sie sich am Grill zu schaffen macht. Alex, Julius und Didi erscheinen am Tor.

Joachim verabschiedet sich, bleibt dann aber noch einmal stehen. „Da fällt mir ein, heute Abend ist doch das *Grand Spectacle* in der Arena. Habt ihr Lust?"

„Wir haben schon Karten. Lass uns doch alle zusammen hingehen", schlage ich vor. Die grosse Hauptveranstaltung der Feria möchte ich mir auf keinen Fall entgehen lassen, sogar die Kinder wollen dabei sein.

„Gerne, dann hole ich euch so gegen 21 Uhr ab, wir können ja vorher noch was trinken", schlägt Joachim vor.

Ich stimme zu und er steigt in sein Auto, um es nebenan zu parken.

„Ist das jetzt etwa dein neuer Lover?" zischt Alex. „Mannomann, du hast vielleicht einen Männerverschleiss!"

„Der sieht aber toll aus, mit seinen stahlblauen Augen", kommentiert Didi. Sofort erhält sie einen strafenden und leicht eifersüchtigen Blick von Julius.

Ich rechtfertige mich schnell (irgendwie sind die Rollen hier heute vertauscht): „Er ist nur unser Nachbar, der mir in einer schwierigen Situation sehr geholfen hat. Ausserdem kenne ich ihn aus Hamburg, er hat Doktor Jensen vertreten."

„Echt? Ach ja, der ist ja Tierarzt", meint Julius, ein bisschen besänftigt. „Und du kanntest den? Krass!"

Endlich erhalte ich die Erlaubnis, mich zurückzuziehen, ich muss dringend meinen Fuss hochlegen und kühlen.

Auf dem Nachttisch liegt mein zurückgelassenes Handy. Neun Anrufe von Serge... Der kann lange auf einen Rückruf warten, denke ich verbittert und versuche, ihn aus meinen Gedanken zu verbannen und etwas zu entspannen.

**Kapitel 18**

*... et la vie continue* [1]


Pünktlich um neun Uhr klopft Joachim an die Haustür, diesmal die vordere.

Ich habe versucht, mich in Schale zu werfen mit meinem türkisen Volantkleid, auch Didi hat sich sehr schick gemacht mit Glitzermini und hohen Sandalen.

Die Jungs grinsen über die ‚aufgetakelten Weiber‘, aber sie selbst sehen sowieso immer gut auch, sogar mit minimalem Aufwand.

Joachim setzt uns alle beim Abrivado ab, so muss ich nachher nicht weit laufen, und macht sich auf die schwierige Parkplatzsuche.

Als er nach zwanzig Minuten endlich kommt, haben wir unsere Getränke fast geleert.

„So viele Leute, die Arena wird bersten!“, meint Alex. Schon jetzt drängen sich Touristen und Einheimische vor dem Eingang.

„Zum Glück haben wir unsere Karten schon. Aber am besten stürzen wir uns jetzt auch ins Getümmel", rate ich.

Als ich dann endlich auf meinen Platz (das heisst auf den reservierten und nummerierten Teil der Steinstufe im Amphitheater) sinke, bin ich erschöpft und mein Fuss tut wieder

---

[1] aus dem Lied 'ça va pas changer le monde' (und das Leben geht weiter) von Joe Dassin

weh. Joachim hat mir die steilen Stufen im Amphitheater hinaufgeholfen und sitzt jetzt neben mir. Wir haben zum Glück gute Plätze und er hat auch noch eine Karte in unserer Kategorie bekommen, ziemlich weit vorn.

Schon bald beginnt die Vorstellung, von klassischer Musik untermalt. Die Arena wird von vielfarbigen Scheinwerfern angestrahlt. Die Darbietungen sind einfach grandios! Wir bestaunen die verschiedensten Pferderassen mit ihren internationalen Reitern.

Kosaken auf kleinen, gelben Pferden führen waghalsige Kunststücke vor, in vollem Galopp turnen sie herauf und herunter, sitzen verkehrt herum, schlüpfen unter dem Pferdebauch hindurch, hängen im Kosakenhang in einem Steigbügel, ziehen sich blitzschnell wieder hinauf und jagen weiter.

Herrliche Lippizaner zeigen die Hohe Schule der Spanischen Hofreitschule, ihre fast bewegungslos im Sattel mit ihnen harmonierenden Reiter erinnern mich schmerzlich an Serge und seine perfekte Dressurvorführung...

Camargue-Pferde mit ihren Gardians, die langen Hirtenstöcke in der Hand, ernten besonders grossen Applaus.

Zwischendurch erheitern fünf Shetlandponys das Publikum mit wirklich süssen Kunststücken.

Es gibt sogar braun gescheckte Mustangs, von Lasso schwingenden Cowboys in rasendem Tempo geritten.

Als die rassigen Arabischen Vollblüter hereintänzeln, die ich schon auf dem Umzug so bewundert habe, kennt meine Begeisterung keine Grenzen. Was für ein Bild! Die Reiter sind traditionell gekleidet, tragen Turban und Krummschwert, und zeigen kriegerische Kunststücke im Stil der nordafrikanischen Fantasia.

Spanier auf ihren prächtigen Andalusiern, südamerikanische Gauchos auf flinken, schlanken Pferden und die riesigen, schwarzen Friesen, die erstaunlicherweise eine perfekte Dressurvorführung zeigen, runden das Bild ab.

Uns tun vom vielen Applaudieren schon die Hände weh. Joachim neigt mir seinen Kopf zu.

„Es gefällt mir, wie du dich begeistern kannst!" Ich lächle ihn an. „Da müssen sich doch alle Pferdefreunde begeistern." Irgendwie freue ich mich aber über seine Bemerkung.

Begeistern tut mich auch die nachfolgende freie Dressur: Ein herrlicher weisser Hengst, ohne Reiter und ganz ohne Sattel und Zaumzeug, zeigt uns alle Figuren der Hohen Schule. Er dreht Pirouetten, zeigt Piaffen und Passagen, erhebt sich zur Levade auf die Hinterbeine und macht zum Schluss sogar eine Kapriole![1] Dabei wird er nur von der Stimme seines Meisters angeleitet.

Ganz am Ende der Vorstellung reitet als absoluter Höhepunkt der von den Zuschauern lang erwartete und frenetisch bejubelte Lorenzo in die Arena. Das heisst, er reitet nicht, sondern kommt mit acht Pferden, vier Schimmeln und vier Rappen, die in einer Reihe laufen. Auf den beiden inneren steht er, mit dem rechten Fuss auf dem ersten Rappen rechts, mit dem linken auf dem ersten Schimmel links, und zwar im Galopp!

---

[1] Das Pferd springt in die Luft und schlägt im Sprung nach hinten aus

Damit nicht genug, springt er mit seinen Pferden über verschiedene Hindernisse, die grossen Baumstämmen gleichen und, wie ich hörte, aus gesammeltem Treibholz bestehen, in immer wechselnden Formationen und Farbzusammenstellungen der Pferde, die ohne zusätzliche Hilfsmittel nur von seiner Stimme geleitet werden.

Mit dieser einzigartigen Form der Freiheitsdressur, die Lorenzo auch in der freien Natur der Camarguedünen oder sogar in verschneiten Landschaften durchführt, ist er inzwischen weltberühmt geworden. Er reist mit seinem riesigen Pferdetransporter nicht nur durch Europa, sondern lässt seine Lieblinge sogar per Flugzeug in die USA, nach Saudi-Arabien und andere Destinationen einfliegen.

Als Kind von Saintes-Maries ist er hier zu Hause und wird extrem verehrt. Als er am Schluss seiner Darbietung mit der schwarzweissen Camargue-Fahne in der Hand rund um die Arena galoppiert, stehen die Zuschauer auf, jubeln und applaudieren und stossen laute Bravo-Rufe aus.

Ich bin ebenso glücklich wie erschöpft und heiser vom ‚Bravo' Rufen. „Hat es euch gefallen?" frage ich meine Kinder.

„Und ob, das war echt voll krass!" spricht Julius den anderen offenbar aus der Seele, denn sie pflichten ihm lebhaft bei, sogar Alex lächelt breit.

„Da bekomme ich direkt Lust, doch noch mal richtig reiten zu lernen. Damit liege ich meinem Vater schon so lange in den Ohren", erklärt Didi. „Rede du doch mal mit ihm, Julia, damit er mir endlich Reitstunden erlaubt!"

Ich schmunzele beim Gedanken an meinen weltfremden, verträumten Kollegen.

„Ich werd's gern mal versuchen", verspreche ich Didi.

Wegen meiner Gehbehinderung bleiben wir noch etwas sitzen und lassen die anderen Zuschauer zuerst dem Ausgang zustreben. Als das grösste Gedrängel vorbei ist, hilft Joachim mir wieder sehr zuvorkommend die Stufen hinunter.

Vor dem Amphitheater angekommen, erblicken wir auf der rechten Seite einen gigantischen Pferdetransporter.

„Das ist Lorenzo!" rufe ich. Kein Zweifel, der Transporter zeigt ein Foto von Lorenzo mit Pferden in voller Lebensgrösse. Eine Traube von Fans umlagert den Transporter. „Da ist er ja!" kreischt Didi. „Mensch, der gibt Autogramme!"

„Oh, ich möchte eins", rufe ich, schmachtend wie ein Teenager. „Ich auch!", schreit Didi.

Zweifelnd auf meinen Fuss blickend, will ich mich dennoch hinkend ins Getümmel stürzen, als Alex mich väterlich zurückhält. „Lass mal, Mami, wir machen das schon. Setzt du dich schön brav hier hin."

Dankbar lasse ich mich auf den Sockel der vor der Arena prunkenden, riesigen Stierstatue sinken (sicher eins der meistfotografierten Objekte des Ortes) und beobachte meine drei Männer, angeführt von der zielstrebigen Didi, die sich einen Weg durch die Menge bahnen. Weit hinten sehe ich Lorenzos Kopf, Handys blitzen auf, er scheint sich viel Zeit für seine Fans zu nehmen.

Nach etwa zwanzig Minuten tauchen plötzlich Julius und Didi aus der Menge auf. Sie schwenken jeder etwas über den Köpfen.

„Juhu, geschafft!" trällert Didi und Julius präsentiert mir mit dem Gehabe eines Fürsten, der seiner Untertanin ein Geschenk bereitet, eine grosse Autogrammkarte. „Für Sie, Frau Mutter, im Schweisse meines Angesichts erkämpft." Gerührt und dankbar drücke ich die Karte an mein Herz.

„Der hat vielleicht eine Geduld", schwärmt Didi. „Hat sich stundenlang mit den Leuten fotografieren lassen, Kinder hochgehoben und Karte um Karte signiert." „Ja, zum Glück hat seine Assistentin die stapelweise ausgeteilt", ergänzt nun Alex, der eben hinzutritt.

„Ich hab' auch eine, die rahm' ich mir zu Hause ein", seufzt Didi verklärt.

„Da könnte man ja direkt eifersüchtig werden..." Joachim mustert mich, die ich immer noch die Karte an mich presse, lächelnd.

Ich werde verlegen. Eifersüchtig? Was meint er denn, das würde ja heissen...

*Meine liebe Julia*, meldet sich die manchmal durchaus vernünftige Romantikerin, *jetzt ist es aber genug! Willst du vom Regen in die Traufe gelangen?* Sogleich widerspricht die Emanze: *Was heisst Traufe? Der bodenständige Kerl hier ist doch mit dem Gigolo nicht zu vergleichen!*

„Ruhe, alle beide!" Protestiere ich. An den erstaunten Gesichtern von Joachim und den Kindern merke ich, dass ich die letzten Worte offenbar laut ausgesprochen habe. Jetzt halten sie mich entweder für schizophren oder betrunken.

Ablenkend schlage ich vor: „Trinken wir noch in Ruhe ein Glas zur Feier?" Obwohl es etwas unklar ist, ob ich die Autogramme oder die tolle Vorstellung meine, sind alle einverstanden.

**Kapitel 19**

Drei Mann in einem Boot [1]
oder: Drei Männer sind zwei zu viel!

Am nächsten Vormittag bin ich schon wieder mit Joachim zusammen, seine Gegenwart wirkt seltsam wohltuend auf mich. Ausserdem ist er so fürsorglich! Weil Bonnie meistens wie ein Ochse zieht und ich immer noch leicht hinke, hat er mir die Leine aus der Hand genommen. Bei ihm läuft sie brav bei Fuss, ist das die tierärztliche Autorität, oder nur die männliche?

Die Jugendlichen sind an den Strand gegangen, aber weil der Mistral einem schon wieder den feinen Sand in die Augen weht, habe ich es vorgezogen, die letzten Darbietungen der Feria zu geniessen. Gerade gab es eine fulminante Flamenco-Vorstellung auf der Bühne am Marktplatz und jetzt sitzen wir entspannt im Café gegenüber bei unserem Pastis.

Bonnie liegt dicht bei ihrem neuen Idol und hat sogar den Kopf auf seine Füsse gelegt, ich, ihr Frauchen, zähle momentan nicht für sie.

Ich muss daran denken, wie unausstehlich ich den besserwisserigen Joachim damals in der Praxis gefunden habe und lächle in mich hinein.

---

[1] Bekanntes Lied von Heinz Erhardt (1961) aus dem gleichnamigen Film

„Was erheitert die hochwerte Dame?" fragt da Joachim. Er ist eben wirklich ein Ritter, nicht nur dem Namen nach...

„Oh, ich musste nur gerade an unser erstes Zusammentreffen denken. Damals fand ich dich ziemlich...", ich suche verlegen nach Worten.

„Überheblich? Autoritär?" hilft Joachim mir.

„Na ja, so ähnlich", gebe ich grinsend zu.

„Also ich fand dich schon damals ganz entzückend!"

Ich bin erstaunt und überlege, wie ich auf dieses Kompliment am besten reagieren soll, als sich urplötzlich eine hohe, dunkel gekleidete Gestalt vor unserem Tisch aufbaut. Ich traue meinen Augen kaum: Serge! In seiner üblichen Cowboy-Montur.

„Salut Juliette, ça va?" fragt er unschuldig.

„Bonjour", antworte ich frostig.

„Ich muss unbedingt mit dir sprechen, allein!" sagt er mit einem misstrauischen Seitenblick auf Joachim. „Il faut que je t'explique!"

„Aber ich nicht mit dir, da gibt's nichts mehr zu erklären, lass uns bitte allein."

„Ah, verstehe, du hast dich schon getröstet!" Er mustert Joachim drohend.

Mein Begleiter, bis jetzt friedlich und gleichmütig, erhebt sich.

„Sie haben doch gehört, die Dame möchte nicht mit Ihnen sprechen", sagt er ruhig, seine angespannte Haltung spricht jedoch eine andere Sprache.

Die beiden Männer, etwa gleich gross, beide dunkelhaarig und sportlich gebaut, der eine mit flammend schwarzen Augen, der andere mit funkelnd blauem Blick, stehen sich gegenüber wie zwei Kampfhähne.

„Mais qui êtes-vous, wer sind Sie überhaupt?" zischt Serge verächtlich.

„Ein Freund von Julia, und jetzt gehen Sie bitte!"

Tatsächlich schauen die Leute an den Nachbartischen schon interessiert herüber, so ein interessantes Gratisschauspiel gibt es nicht alle Tage.

„Du gehst mal, und zwar schnell!" Serge rastet aus. Er packt Joachim am Kragen, der schlägt dessen Hände herunter und ballt seine Faust. Will er ihm einen Kinnhaken versetzen? Ein Stuhl fällt polternd zu Boden, Bonnie bellt ob des Spektakels.

„Ohlala!" ruft ein Herr von einem der Nebentische aus.

In meiner überreichen Fantasie sehe ich bereits eine typische Saloon-Schlägerei in bester John Wayne-Manier entstehen, an der auch die vorher unbeteiligten Gäste begeistert teilnehmen, mit umgeworfenen Tischen, zerschlagenen Gläsern und Verletzten... fehlt nur noch die Western-Musik zur Untermalung.

„Hört doch auf, ihr beiden", versuche ich hilflos den aufkeimenden, handgreiflichen Streit zu schlichten.

Das direkt gegenüber am Strassenrand anhaltende Mercedes-Cabrio, aus dem ein Mann aussteigt und stracks auf unseren Tisch zusteuert, ist mir entgangen.

„Julia!! Was ist denn hier los?" ertönt eine mir noch immer allzu gut vertraute Stimme.

„Hanno?? Wie... Was machst du denn hier?" stottere ich, völlig perplex.

Bonnie heult freudig auf und springt Hanno bis ins Gesicht, unser Tisch wackelt bedenklich. Sie liebt ihn immer noch, in echter Hundetreue.

„Ja, meine Schöne, ich freue mich auch, dich zu sehen!" Hanno tätschelt die ausflippende Bonnie. Zu mir gewandt erklärt er kurz:

„Wir sind auf der Durchreise nach Spanien, ich wollte meine Söhne treffen."

Erst jetzt fallen meine Augen auf das Auto, in dem Hannos hochnäsige Freundin sitzt, die Designer-Sonnenbrille in die rote Wallamähne geschoben. Sie blickt gelangweilt herüber und hebt lässig eine Hand zum Gruß.

Ein hohes Kläffen ertönt aus dem Fond des Wagens. Es gehört zu einem winzigen Chihuahua-Hündchen, welches seinen mit einem rosa Perlenhalsband geschmückten Hals seitlich aus dem Auto reckt.

Bonnie knurrt angriffslustig, ihre Freude über Hanno überwiegt jedoch und sie windet sich wieder kringelnd um seine Beine.

Serge ist durch Hannos plötzliches Auftauchen verwirrt und hat von Joachim abgelassen.

„Encore un, noch ein Freund?" grinst er höhnisch. „Bon, je m'en vais, das ist einer zu viel, aber wir sprechen uns noch." Er hebt seinen Hut auf, der bei dem Gerangel zu Boden gefallen ist, und entfernt sich schnellen Schrittes.

Ich höre eine der nicht mehr ganz jungen Frauen am Nebentisch seufzen: „Die hat Glück! Gleich drei Männer streiten sich um sie..."

Ihre Begleiterin zischt vernehmlich: „Ich würde den Cowboy nehmen!"

Am liebsten würde ich im Erdboden versinken, mal wieder...

„Julia, du hast hier ja einen männlichen Harem! Was sagen denn unsere Söhne dazu?! Und wer war dieser rabiate Cowboy? Ich muss mich doch sehr wundern..."

Obwohl genervt, versuche ich die Situation zu entspannen. „Darf ich vorstellen, Hanno Hansen, mein Exmann, Doktor Ritter aus Hamburg." Das ‚Doktor' betone ich extra. Der soll sich bloss nichts einbilden...

Die beiden Männer begrüssen sich kühl.

„Dann ist es wohl besser, ich gehe jetzt auch, ihr habt sicher was zu bereden."

Joachim winkt dem Kellner, der sowieso schon ratlos und etwas misstrauisch, wohl in Erwartung weiterer Zwischenfälle, hinter unserem Tisch steht, um zu bezahlen.

„Nein, bitte bleib!" Demonstrativ lege ich meine Hand auf die seine, die schon nach dem Portemonnaie greift. Fühlt sich irgendwie gut an, denke ich im Unterbewusstsein.

„Setzt dich doch", wende ich mich an Hanno, „die Leute gucken sowieso schon genug."

Der Kellner fragt beflissen: „Möchte Monsieur etwas trinken?"

„Nein danke, erwidert Hanno zu meiner Erleichterung. Ich fahre gleich weiter, darf hier nicht halten. Ein strenger Blick streift meinen Pastis. „Ausserdem trinke ich vormittags noch keinen Alkohol."

„Wie kommst du eigentlich hierher? Woher hast du unsere Adresse?" versuche ich es noch einmal.

„Ich habe mit deiner Mutter telefoniert." Donnerwetter, denke ich, das kam auch früher nur alle Jubeljahre mal vor. „Ausserdem stehe ich mit unseren Söhnen in Telefonkontakt." Telefonkontakt, der spricht wie von seinen Geschäftspartnern.

„Wo sind die Kinder überhaupt?" Jetzt wieder indigniert. „Kümmerst du dich manchmal um sie?"

„Am Strand", entgegne ich kurz.

„Richte ihnen bitte aus, dass wir jetzt da sind. Ich habe uns ein Zimmer im *Thalacap Camargue* gebucht. Sie sollen sich melden."

„Bleibt ihr länger?" frage ich verdutzt.

„Zwei Tage. Ich will mal wieder mit meinen Söhne Wassersport treiben, wo wir hier schon vorbeifahren, und Brunhilde möchte die Pferde sehen."

Hanno war schon immer ein begeisterter Segler und Schwimmer, auch finde ich seinen Wunsch, mal etwas mit seinen Söhnen zu machen, eigentlich sehr löblich. Aber Brunhilde und Pferde? Normalerweise interessiert sie sich nur für Golf und besitzt daher auch eine Ferienwohnung in der Nähe von Barcelona in einem Golf-Resort.

„Jetzt muss ich aber, stehe im Halteverbot." Hanno, ganz der pflichtbewusste Verkehrsteilnehmer, verabschiedet sich höflich von Joachim. Wenigstens hat er seine Manieren nicht ganz verlernt...

„Uff..." ächze ich hilflos, als der Mercedes entschwunden ist.

„Julchen, Julchen, du machst ja Sachen, du bist ja eine richtige Femme Fatale!"

Joachim schüttelt tadelnd den Kopf, seine Augen blitzen jedoch schalkhaft und plötzlich prusten wir beide gleichzeitig los.

„Dein Cowboy ist ja ein Herzchen", grinst Joachim, „was meinst du, wer hätte den Faustkampf gewonnen?"

„Es tut mir Leid..." Ich bin ehrlich zerknirscht.

„Kannst du doch nichts dafür", lacht Joachim und fügt hinzu: „Und dein Ex, so korrekt! Obwohl er anscheinend ziemlich schockiert war." Und mit einem Grinsen: „Brunhilde... Interessant! Genehmigen wir uns noch einen, auf den Schreck?"

Ich will gerade zustimmend nicken, als ein verstört wirkender Alex, wie aus dem Nichts aufgetaucht, plötzlich an unserem Tisch steht.

Am Nachbartisch wird geraunt. „Noch einer!! Aber der ist jawohl wirklich etwas zu jung..."

„Mami, zum Glück hab' ich dich gefunden. Julius und Didi sind abgetrieben, mit dem Boot!" stösst Alex hervor.

„Wie, was, abgetrieben??" Ob der vorangegangenen Ereignisse geistig etwas beeinträchtigt, kapiere ich gar nichts mehr.

„Hab' schon die Wasserschutzpolizei alarmiert, die waren plötzlich ganz weit draussen, hab' sie fast nicht mehr gesehen!"

„Wo? Bring uns hin!" Der allzeit geistesgegenwärtige Joachim hat schon eine Note auf den Tisch geknallt und zieht mich hinter sich her.

Wir folgen Alex Richtung Meer, an der Promenade entlang zu einem der kleineren Oststrände.

„Die von der Polizei sind schon raus, mit dem Motorboot", erklärt Alex.

„Dann können wir nur noch warten, die finden sie, keine Panik", versucht Joachim mich zu beruhigen.

„Dieser Mistral, ich hab' ihnen so oft gesagt, wie gefährlich der ist, der ist ablandig, im Nu ist man abgetrieben", schluchze ich. „Hanno hat wohl recht, ich schaffe es nicht auf meine Söhne aufzupassen."

„Sie sind doch keine Kindergartenkinder mehr", beruhigt mich Joachim. „Du musst dir nicht für alles die Schuld geben."

„Julia, hat man sie gefunden?" Auch das noch... Hanno ist aufgetaucht und verlangt Informationen.

„Woher weisst du?..." stammele ich.

„Ich habe mit Alex telefoniert, um ihm zu sagen, dass wir angekommen sind."

Alex rettet mich vor weiteren Fragen und unterrichtet seinen Vater über die Aktion der Wasserschutzpolizei.

Unruhig tigere ich am Strand auf und ab und spähe gen Horizont. Joachim blickt verständnisvoll, lässt mich aber in Ruhe, wofür ich ihm dankbar bin. Bonnie hat gemerkt, dass etwas nicht stimmt. Mit eingeklemmtem Schwanz hat sie sich neben Joachim gesetzt. Die Mittagssonne knallt uns auf die Köpfe. Der Strand ist gut besucht, obwohl der Mistral uns den feinen Sand in die Augen weht. Ich setze mich kurz neben Joachim, bin aber in kürzester Zeit regelrecht paniert vom Sand und nehme mein unruhiges Hin- und Herlaufen wieder auf, obwohl mein Fuss schmerzt. Die Touristen sonnen sich, baden und ich beneide sie um ihr sorgloses Feriendasein...

Alex und Hanno stehen am Meeressaum und unterhalten sich lebhaft.

Die Warterei erscheint mir endlos... Ich mache mir Vorwürfe, war ich doch die letzten Tage, ganz entgegen meiner Gewohnheit, nur mit mir und meiner unglücklichen Liebesgeschichte beschäftigt, ja und auch mit meinem Retter

Joachim... Ich bin eine schlechte Mutter, Hanno hat ganz Recht, werfe ich mir vor.

Wenn das kleine Boot nun gekentert ist? In meiner lebhaften Fantasie sehe ich Julius und Didi in den Fluten um ihr Leben kämpfen...

Eine Hand legt sich beruhigend auf meine Schulter. Joachim? Nein, es ist tatsächlich Hanno, der freundlich sagt: „Julius ist ein guter Schwimmer, mach dir nicht zu viele Sorgen." Hatte ich meine Befürchtungen vorher laut ausgesprochen? So menschlich habe ich Hanno lange nicht erlebt. Dankbar lächle ich ihm zu. Wir stehen jetzt einträchtig nebeneinander wie eine intakte Familie, Alex, Hanno und ich.

Wie lange sind sie jetzt schon da draussen? Ich beginne, jegliches Zeitgefühl zu verlieren.

„Madame", höre ich plötzlich eine fröhliche Stimme, die meine Grübeleien unterbricht. „Les enfants sont sauvés, on les a trouvés!"[1] Verständnislos blicke ich mich um. Ein junger, schmucker Polizist mit Walkie-Talkie steht hinter mir und lächelt triumphierend.

„Ils vont arriver! In ein paar Minuten sind sie da!" Er deutet gen Südosten und tatsächlich, ich vermeine einen winzigen Punkt am Horizont auszumachen, ein Boot?!

„Sie haben sie!" rufe ich erlöst. Alle kommen herbeigestürzt und starren, wie ich auch, auf's Meer. Im Zeitlupentempo wird der Punkt ganz langsam grösser und grösser, bis wir

---

[1] "Die Kinder sind gerettet worden, wir haben sie gefunden!"

deutlich das Motorboot mit drei Personen darin ausmachen können.

„Ist das Julius, der da winkt?" frage ich aufgeregt.

„Ja! Ich erkenne ihn ganz deutlich!" Alex läuft jubelnd und winkend am Ufer entlang, wir anderen beobachten aufgeregt und erleichtert, wie das Boot sich nähert.

„Wir müssen zum Hafen!" Alle folgen Alex im Dauerlauf die Promenade entlang Richtung Yachthafen, wo auch die Wasserschutzpolizei ihren Ankerplatz hat.

Ich hinke keuchend und schnaufend hinterher, mein Fuss schmerzt jetzt wieder höllisch, aber ich ignoriere das Stechen heldenhaft.

Joachim dreht sich um und kehrt zu mir zurück, mit kräftigem Griff stützt er mich.

„Ritterlich wie immer", versuche ich zu scherzen, bin ihm aber echt dankbar.

„Versteht sich doch von selbst, holde Maid", geht er auf meinen lockeren Tonfall ein. Als Letzte erreichen wir den Quai, gerade rechtzeitig, um das Motorboot anlegen zu sehen. Das kleine Schlauchboot ziehen sie an einem Schleppseil hinterher.

Julius springt zuerst heraus, direkt in meine Arme! Ich lache und weine gleichzeitig und halte ihn an mich gedrückt, bis er lacht: „Ist ja gut, Mami, uns ist nichts passiert."

„Ihr hättet ertrinken können..." schluchze ich.

„Sind wir ja nicht", entgegnet er ungerührt und, zu Alex gewandt, ruft er begeistert: „Das war vielleicht cool, das Motorboot hat 'n Zahn drauf!"

Bonnie ist nicht mehr zu halten. Sie springt beiden Kindern bis ins Gesicht und leckt sie ab, auch der schneidige Captain wird freudig begrüsst.

Nachdem das erste Durcheinander sich gelegt hat, erblickt Julius Hanno.

„Papi?! Was machst du denn hier? Hat sich unser Unfall so schnell bis Hamburg rumgesprochen?"

Offenbar denkt er, Hanno hätte sich nach Vernehmen der Nachricht her gebeamt oder, um mit Harry Potter zu sprechen, er wäre in Saintes Maries appariert...

„Was machst du für Sachen, mein Junge?" Entgegen seiner sonstigen Nüchternheit nimmt Hanno seinen Sohn nun ebenfalls fest in den Arm. Ich kann ihm die Erleichterung ansehen, er hat sich also doch genauso gesorgt wie ich!

Didi, die ganz klein und schüchtern hinter Julius steht, wird von mir nun erstmal auch ausgiebig gedrückt.

„Ich hatte solche Angst", gesteht sie, „plötzlich waren wir ganz weit draussen. Julius hat gerudert und gerudert, aber wir sind immer weiter aufs offene Meer getrieben. Und die Wellen wurden immer höher! Dann haben wir auch noch ein Ruder verloren..."

Sie schluchzt auf. Ich streichle ihr über's Haar. „Ist ja alles gut, Süsse. Zum Glück hat Alex rechtzeitig reagiert und die Wasserschutzpolizei alarmiert."

„Danke, Alter!" Julius umarmt seinen Bruder kurz und männlich, um sich dann wieder an seinen Vater zu wenden, dessen Auftauchen ihm rätselhaft ist. Der geht jedoch zunächst zu Didi hinüber.

„Dann ist diese junge Dame wohl Aphrodite? Ich freue mich, dich kennenzulernen, wenn auch die Umstände etwas abenteuerlich sind."

Sieh an, sieh an, ganz der Old School Gentleman, denke ich, freue mich aber, dass er so nett ist und den Kindern keinerlei Vorwürfe macht.

Natürlich bedanken wir uns auch alle ausgiebig beim Fahrer des Motorbootes, ich kann mich gerade noch beherrschen, ihm nicht um den Hals zu fallen.

„Pas de quoi, das ist unser Job. Aber diese kleinen Gummiboote sind wirklich nur für Ufernähe gedacht. Was meinen Sie, was mit solchen Dingern schon alles passiert ist..." mahnt der Captain und salutiert, bevor er wieder in sein Boot steigt.

Mein Blick trifft Hannos, aber auch jetzt erfolgen keine Ermahnungen im Stil „Das hättest du den Kindern doch sagen müssen".

Joachim hat sich die ganze Zeit taktvoll im Hintergrund gehalten. Erst jetzt geht er kurz zu Julius und Didi hinüber und sagt ihnen, wie froh er über die gelungene Rettungsaktion ist.

„Kinder, lasst uns ins Restaurant gehen. Auf den Schreck könnt ihr sicher ein gutes Mittagessen vertragen", schlage ich spontan vor.

„Au ja", freut sich Julius. „Kommst du auch mit, Papi?"

Hanno erwidert, eine Spur verlegen (oder bilde ich mir das nur ein?): „Würde ich liebend gern, aber Brunhilde wartet im Hotel. Wir sehen uns dann ja aber später zum Abendessen. Du bist natürlich auch herzlich eingeladen, Aphrodite."

Ich höre Joachim sehr leise in mein Ohr flüstern: „Griechische Göttin trifft germanische Sagengestalt."

Natürlich muss ich losprusten. Wirklich drollig, Aphrodite und Brunhilde!

Hanno schaut mich irritiert an und fragt: „Was ist eigentlich mit deinem Fuss passiert?" Also hat er mein Hinken doch bemerkt.

„Kleiner Reitunfall", entgegne ich leichthin.

„Euch kann man ja wohl nicht allein losziehen lassen. Aber..." mit einem Seitenblick auf Joachim „du hast inzwischen anscheinend einen Beschützer gefunden."

„Und was für einen!" Ich blicke Joachim mit ehrlicher Dankbarkeit an. „Er hat mich mehr als einmal gerettet."

Zum Glück lässt Hanno diese letzte Bemerkung, die mir so herausgerutscht ist, unkommentiert.

„Also, ich muss, heute Abend um 19 Uhr im Hotel, Kinder, Alex weiss Bescheid."

Hanno winkt kurz in die Runde und entfernt sich.

„Brunhilde ist auch hier?" höre ich Julius Alex leise und etwas verwirrt fragen.

„Komm Alter, ich erklär' dir dann." Alex packt seinen Bruder um die Schultern und zieht ihn mit.

## Kapitel 20

Songe d'une Nuit en Camargue [1]
(Sind Träume Schäume?)

„Ui, ihr habt euch ja in Schale geworfen!" Ich bewundere die geschmackvoll und dezent in Sommerhemden und langen Hosen gekleideten Jungs. Auch Didi trägt ein adrettes Sommerkleidchen, weder zu kurz noch zu verrückt, ganz entgegen ihren sonstigen, lustigen Outfits.

„Wenn wir schon in so 'nem Bonzenhotel dinieren", meint Alex verschmitzt.

„Nur schade, dass ihr den *Songe d'une Nuit en Camargue* verpasst", bedaure ich.

„Das ist eine Sound and Light-Veranstaltung in freier Natur, an einem kleinen Salzsee der *Route de Cacharel"*, erkläre ich Didi. „Jedes Jahr wird eine neue Geschichte erzählt über die Camargue, man kann die Pferde, Stiere und Hirten aus nächster Nähe bewundern."

„Oh, das wäre schön", begeistert sich Didi sofort. „Vielleicht können wir ja später nachkommen?"

„Es fängt zwar erst um 22 Uhr an, aber die Leute kommen oft schon am frühen Abend, um sich einen guten Platz zu sichern. Die machen dann dort so lange Picknick. Ich bereite auch etwas vor."

---

[1] Traum einer Nacht in der Camargue

„Lass man, Didi, wir haben doch jetzt schon viele Pferdesachen gesehen", tröstet Julius seinen Schatz. „Jetzt müssen wir aber!"

Die Kinder trollen sich. „Wie heisst die Tussi von deinem Vater nochmal? Tusnelda?" höre ich Didi noch wenig respektvoll fragen und grinse in mich hinein.

„Brunhilde", stellt Julius richtig, „wie die in der Siegfried-Sage."

„Hör bloss auf, du klingst schon wie mein Vater!"

Wahrlich, es muss für Didi nicht einfach sein mit ihrem stets in anderen (historischen) Sphären schwebenden Vater...

Lächelnd mache ich mich an die Picknick-Vorbereitungen: Sandwiches mit kaltem Huhn und Salat, andere mit Thunfisch, dazu Käse, Tomaten und verschiedene Oliven und natürlich die obligatorische Flasche Rosé.

Wenig später warte ich gut gelaunt mit meinem kleinen Picknickkorb und der braven Bonnie an der Leine vor dem Haus auf Joachim.

Von der Strandseite her nähern sich drei junge Frauen, ziemlich aufgetakelt mit kurzen Röckchen und knappen Tops, Stöckelsandalen, eine mit grau-rosa gefärbten taillenlangen Haaren, die Zweite mit schwarzen Rastern, Nummer Drei platinblond und streichholzkurz. Alle fummeln an ihren Handys herum und ignorieren die Autos beim Überqueren der Strasse. Sie steuern direkt auf unser Haus zu.

„Bonsoir, Madame", grüsst die Mademoiselle Grau-Rosa, „Alex est là?"

Ich erkläre ihr bedauernd, dass Alex heute den ganzen Abend abwesend sein würde.

Empört wendet sie sich zu ihren Freundinnen um: „Zut, Il n'est pas là! Il a oublié notre rendez-vous!"[1]

Etwas verwundert bin ich schon, dass Alex sich gleich mit drei Grazien verabredet haben soll...

„Pas grave", zwitschert die Platinblonde, „j'ai son numéro de portable![2] Ich ruf ihn an, den kriegen wir schon noch."

Donnerwetter, so konsequent und unschüchtern müsste ich auch öfter mal sein, denke ich und schmunzele in mich hinein.

Höflich verabschieden sich die Mädchen und stöckeln Richtung Ort davon.

Ich staune ihnen immer noch hinterher, als Joachim auftaucht.

„So in Gedanken, schöne Frau?" scherzt er und lädt zwei Campingstühle, die er mitgebracht hat, und meinen Korb in seinen Kofferraum. Bonnie darf auf den Rücksitz.

Am Ortsende ist alles abgesperrt und wir müssen die Route de Cacharel hinauf laufen ins Hinterland. Von verschiedenen Seiten her strömen schon Leute herbei, ähnlich ausgerüstet wie wir mit Campingstühlen, Decken, Rucksäcken und Picknickkörben.

Juhuu, am kleinen *Etang* angekommen, wo das Spektakel stattfinden wird, ergattern wir noch einen super Platz direkt

---

[1] "Mist, er ist nicht da! Er hat unser Rendez-Vous vergessen."
[2] "Nicht schlimm... ich habe seine Handynummer."

am Wasser. Es herrscht bereits eine gelockerte Festatmosphäre: Familien mit durcheinander quirlenden Kindern und kläffenden Hunden animieren Bonnie, ihren Teil zum allgemeinen Durcheinander beizutragen. Sie zerrt wild an der Leine, hält Ausschau nach Feindhunden und schnüffelt wegen der guten Essensdüfte, die von allen Seiten auf sie einströmen.

Direkt neben uns hat sich eine Gruppe lustiger Franzosen niedergelassen. Ihrer ausgelassenem Stimmung nach scheinen sie dem Rotwein, den sie immer wieder aus einer Feldflasche nachschenken, schon länger zugesprochen zu haben. Es sind ältere Leute, die wie Ansässige wirken. Sie haben sogar ein Tischchen mitgebracht, auf dem sich die köstlichsten Speisen türmen, wie selbstgemachte Pasteten (zumindest sehen sie für mich hausgemacht aus), Salate und Kuchen.

Auch wir entkorken unseren Rosé. Einer der Messieurs prostet uns zu und fragt dann:

„Qu'est ce que vous buvez là? Ah, du Rosé du Pays..." [1]

Missbilligend schüttelt er den Kopf und drückt uns je einen Plastikbecher mit seinem guten Rotwein in die Hand.

„C'est bon, eh? Le bon rouge, ça c'est le meilleur!" Der ‚gute Rote' schmeckt wirklich vollmundig! Wir stossen mit allen an und müssen auch noch die hausgemachte Pastete und den selbstgebackenen Blaubeerkuchen probieren - köstlich! Da können meine Sandwiches effektiv nicht mithalten, sie werden dann auch höflich abgelehnt.

---

[1] "Was trinken Sie da? Ah, Rosé aus der Region..."

Bonnie, die gekonnt ihre Bettlermine aufgesetzt hat, kommt bei unseren gastfreundlichen neuen Freunden auch nicht zu kurz und streckt sich schliesslich zufrieden seufzend aus.

„T'as bien mangé, Bonnie, eh?"[1] meint einer der netten Franzosen.

Die Sonne geht langsam unter, der Himmel verfärbt sich wunderschön in eine ganze Palette zarter Rosa- und Blautöne. Das ‚Spectacle' wird erst bei völliger Dunkelheit beginnen, wir sitzen einträchtig beisammen und unterhalten uns.

Joachim ist wirklich ein toller Mann... Zu gerne würde ich herausbekommen, ob er gebunden ist und überlege, wie ich ganz diplomatisch eine Frage in dieser Richtung stellen kann.

Er spricht gerade über Hamburg, der Zusammenhang scheint mir günstig.

„Als Student bin ich manchmal nach einer langen Nacht mit Freunden direkt auf den Fischmarkt gegangen", erzählt Joachim gerade.

„Bist du eigentlich verheiratet?" platze ich heraus. Von wegen diplomatisch! Ich könnte mir selber mit dem Holzhammer auf den Kopf schlagen und laufe dunkelrot an. So trampelig kann auch nur ich sein...

Joachim stutzt kurz, grinst dann verstehend und antwortet freundlich: „Nein, ich hatte zwar eine langjährige Beziehung, aber verheiratet war ich nie."

„Hatte?" wage ich nachzuhaken.

---

[1] "Du hast gut gegessen Bonnie, nicht?"

„Ja, auch wenn ihr das manchmal noch nicht ganz klar zu sein scheint."

Ich schaffe es, meinen Mund zu halten, obwohl ich vor Neugier platze.

Die Vorstellung scheint loszugehen, ein Trupp Reiter, Gardians auf Camarguepferden, nähert sich vom Hinterland her und der Erzähler, ein älterer Herr mit majestätischer Ausstrahlung, nimmt seinen erhöhten Platz vor dem Mikrophon ein.

Der *Songe d'une Nuit en Camargue* erzählt jedes Jahr eine andere Geschichte aus dem Themenbereich Pferde und Stiere und Traditionen der Camargue.

Dieses Mal ist es die Geschichte von *Crin Blanc*, einem legendären Hengst, der mit seiner Herde Stuten ein glückliches Leben führte, bis er eingefangen werden sollte. Er flüchtete vor den bösen Ranchern und traf auf einen kleinen Fischerjungen, der Freundschaft mit dem Wildpferd schloss und es zähmte. Am Ende der rührenden Geschichte ritten die beiden zusammen ins Meer auf der Suche nach einer Welt, in der es nur Kinder und Pferde gibt...

Diese Handlung wird nun in wunderschönen Bildern dargestellt, von klassischer Musik untermalt und vom Erzähler mit tiefer, theatralischer Stimme kommentiert.

Zuerst sehen wir eine Herde Stuten mit langbeinigen Fohlen, angeführt von einem herrlichen weissen Hengst, um die kleine Insel des *Etang* herumgaloppieren, durchs Wasser und direkt an uns vorbei, sodass wir sogar etwas nassgespritzt werden.

Beim Anblick der entzückenden Fohlen mit ihren Mamas, die, wie mit einer unsichtbaren Nabelschnur verbunden in identischen Bewegungen vorbeiziehen, steigen mir sogleich Tränen der Rührung in die Augen. Warum bin ich bloss so emotional? Schnell wische ich mir heimlich über die Augen, aber Joachim bleibt nichts verborgen. Er legt mir den Arm um die Schulter, gibt mir einen kleinen Kuss auf die Wange und flüstert: „Die sind auch rührend. Ich heule übrigens auch wie ein Schlosshund, wenn mich Musik richtig berührt."

Zweifelnd, aber dennoch dankbar, schmiege ich mich fester in seinen Arm.

Es folgen Szenen von Gardians, die eine Herde Stiere treiben, bis dann der kleine Junge seinen grossen Auftritt hat. Er landet in einem Ruderboot auf der Insel und entdeckt den weissen Hengst. Ganz behutsam nähert er sich und gewinnt das Vertrauen des Pferdes, welches alsbald zärtlich mit seinen Nüstern über das Gesicht des Jungen fährt. Nachdem Crin Blanc und er Freunde geworden sind, schwingt er sich barfuss auf den blossen Pferderücken und die beiden entschwinden zu schmelzender Musik in der Dunkelheit.

Ich wende mich Joachim zu, im selben Moment hat auch er seinen Kopf gedreht.

Unsere Augen treffen sich, die Blicke tauchen ineinander und dann fühle ich seine Lippen auf meinen. Ganz zart und vorsichtig zunächst, meine Reaktion abtastend, streifen seine Lippen meinen Mund, bis wir endlich in einen zärtlichen, langen Kuss versinken.

Die Vorstellung geht weiter, es folgen Hirten, die eine kleine Pferdeherde treiben. Etwas verlegen, aber glücklich, schmiege ich mich dicht an Joachim, wir schweigen und geniessen unsere Nähe.

Jäh wird diese Zweisamkeit durch die Ouvertüre von ‚Carmen' unterbrochen, mein Handy ist das nicht. Joachim entschuldigt sich, steht auf und geht ein paar Schritte nach hinten. Neugierig spitze ich die Ohren. Ich fange nur einige Wortfetzen auf wie: „… haben genug darüber diskutiert… du musst … akzeptieren… bitte Britta, ruf nicht mehr an…"

Joachim kommt zurück und wirft mir einen schüchternen Seitenblick zu.

„War das ‚sie', der eure Trennung noch nicht ganz klar ist?" frage ich geradeheraus. „Hör mal, Julchen, es ist etwas kompliziert, lass uns später darüber reden, in Ordnung?"

Ich nicke, aber der Zauber von vorhin ist gebrochen. Ernüchtert betrachte ich die letzte Szene. Die *Arlésiennes*, junge Mädchen in traditioneller Kleidung, tanzen am Rand des Etang, alle Gardians, Pferde und Stiere ziehen noch einmal an uns vorbei und der kleine Junge auf Crin Blanc stürzt sich mit ihm in den See, repräsentativ für das Meer, auf der Suche nach einer neuen, wunderbaren Zukunft…

‚Was ist mit meiner Zukunft?' grüble ich. 'nichts als immer neue Komplikationen. Ich sollte endgültig die Hände von den Männern lassen.'

Nach tosendem Applaus beginnt die Zuschauermenge, ihre Zelte abzubrechen. Auch wir packen unsere Picknicksachen zusammen, winken unseren freundlichen Rotwein-Nachbarn zu und schliessen uns den gen Dorf strebenden Menschen an.

Die Rückfahrt im Auto verläuft relativ schweigend. Vor meiner Hütte angekommen, sagt Joachim: „Julia, lass mich dir erklären..."

„Du bist mir keine Erklärung schuldig. Wir sehen uns morgen, wie abgemacht, ja?"

Ich küsse ihn kurz auf den Mund und steige aus. Irgendwie muss ich jetzt etwas allein sein...

Von den Kindern keine Spur. Ob die so lange mit ihrem Vater zusammen sind?

Ich lege mich ins Bett und werde von gemischten Gefühlen überrollt. Aber noch im Einschlafen vermeine ich, Joachims Kuss auf meinen Lippen zu spüren...

## Kapitel 21

*Paroles, paroles...*[1]

Am nächsten Morgen mache ich mich mit Bonnie auf zum Strand. Die Kinder schlafen noch, und Joachim will seine Pferde bewegen, die er die letzten Tage (meinetwegen!) sträflich vernachlässigt hat... Später wollen wir uns am Strand treffen, er kennt meinen üblichen Platz.

Ich kann schon fast wieder laufen, ohne zu humpeln. Bald werde ich hoffentlich auch wieder reiten können, worauf ich mich schon enorm freue.

Zufrieden strecke ich mich ganz vorn am Meer auf meiner Strandmatte aus und geniesse die Sonne und die leichte Brise, die meine Haut streichelt. Bonnie legt sich, nachdem sie eine Weile am fast noch menschenleeren Strand herumgetobt ist, ausnahmsweise brav unter den eigens für sie mitgebrachten Schirm in den Schatten.

Ich blicke glücklich auf das in verschiedenen zarten Blau- und Türkistönen glitzernde Meer. Weiter draussen werden die Farben intensiver, um am Horizont in ein tief dunkles Blau überzugehen. Wie schon oft wünsche ich mir, eine begnadete Malerin zu sein, um die Atmosphäre eines solchen Moments einfangen zu können. Meine dahingehenden Malversuche blieben jedoch bis heute ziemlich unbefriedigend...

Gewiegt vom sanften Plätschern der Wellen träume ich vor mich hin, als ich plötzlich spüre, dass ein Schatten die Sonne

---

[1] Chanson von Alain Delon und Dalida (Worte, nichts als Worte)

verdunkelt. Blinzelnd neige ich den Kopf zur Seite und blicke direkt auf schwarze Cowboystiefel. Ich schrecke hoch. Eine grosse Gestalt in Jeans, mit Hut: Serge! Das kann doch nicht wahr sein...

Bonnie begrüsst ihn wedelnd wie einen alten Bekannten, was mir Zeit gibt, mich etwas zu fassen.

„Juliette, il faut que je te parle! Bitte, gib mir nur fünf Minuten", bittet er inständig.

Nach kurzem Zögern willige ich ein, daran muss meine friedliche Stimmung schuld sein.

„Also gut, fünf Minuten."

Serge setzt sich neben mich in den Sand und blickt mich mit seinen Flammenaugen schuldbewusst, aber gleichzeitig zärtlich, an.

„Du musst mir glauben, chérie, du bist für mich kein Abenteuer!", beginnt er, „Ich habe mich wirklich in dich verliebt."

„Willst du etwa behaupten, ich sei die erste Touristin, mit der du diese Art von ganz persönlicher Betreuung betrieben hast?" unterbreche ich ihn bissig und langsam ziemlich gereizt. Verlegen schaut er zur Seite.

„Na also. Mensch, Serge, du hast eine entzückende Frau und einen tollen Sohn, wie kannst du denen das antun?"

„Mit Ginette läuft es schon lange nicht mehr gut. Wir kennen uns schon seit der Schulzeit, es ergab sich wie von selbst, dass wir eines Tages miteinander gingen. Dann wurde Ginette ungeplant schwanger, so haben wir eben geheiratet, wie alle es von uns erwartet haben. Aber wir waren viel zu jung, wir wussten noch gar nicht, was Liebe bedeutet."

„Und mit mir hattest du diesbezüglich plötzlich eine Erleuchtung?" So spöttisch kenne ich mich sonst gar nicht.

„Juliette, du bist eine ganz besondere Frau. Hast du nicht auch gespürt, wie es schon ganz am Anfang zwischen uns gefunkt hat?"

Oh ja, denke ich, gefunkt und lichterloh gebrannt, aber zum Glück hat es sich rechtzeitig als Strohfeuer entpuppt.

Mir kommt das Lied *Paroles, paroles* in den Sinn, wo der Mann seiner Geliebten in poetischer Weise honigsüsse Komplimente und Versprechungen macht, die sie jedoch durchschaut und ihn quasi zum Teufel jagt.

„Que des paroles, alles nur Worte", zitiere ich aus dem Lied.

„Wenn du mit deiner Frau unglücklich bist, rede mit ihr, kläre das. Neulich, nach deinem Sieg bei der Dressur, hatte ich übrigens einen ganz anderen Eindruck... Wie du sie behandelst, das ist wirklich eine Schande!", empöre ich mich und füge energisch hinzu: So, ich denke, deine fünf Minuten sind um."

Zu meinem Erstaunen erhebt Serge sich folgsam.

„Es tut mir so Leid!" Er klingt ehrlich zerknirscht. „Ich hoffe, du gibst mir trotzdem noch eine Chance. Lass es nicht so enden. Ich rede mit Ginette, versprochen."

Mit bedrückter Miene wendet er sich ab und marschiert Richtung Dünen.

Ich sehe ihm mit gemischten Gefühlen nach.

Da entdecke ich weiter hinten in den Dünen eine hohe Gestalt, das ist doch Joachim? Aber statt dass er auf mich zu läuft, sehe ich nur seinen Rücken! Er entfernt sich vom Strand.

Das auch noch... Er wird uns beobachtet haben und völlig falsche Rückschlüsse ziehen, wie eifersüchtige Männer es so gerne tun. Erschöpft lasse ich mich zurücksinken. Die friedvollen Momente dieses Morgens sind verflogen und ich verfalle ins Grübeln.

Nachdem ich ausgiebig geschwommen und dabei in Gedanken alle Sorgen und Probleme abgespült habe, kehre ich am frühen Nachmittag in die Cabane zurück.

Bonnie prescht in den Garten, liefert sich ihr übliches Bell-Duell mit Freund Yorkshire und rennt dann, freudig wedelnd, in Richtung Terrasse, von wo angeregtes Geplauder zu mir herüberweht.

Ah, die Kinder sind wach, denke ich und biege freudig um die Hausecke. Am Gartentisch sitzen die drei fröhlichen Jugendlichen und... Hanno, von der auf seinen Knien stehenden und begeistert winselnden Bonnie halb verdeckt.

„Was machst du denn hier?!", rutscht es mir, nicht eben freundlich, heraus.

„Hallo Julia, warst du am Strand?" Hanno lächelt friedlich. Da sich angesichts meines sandbedeckten Körpers und meiner Strandtasche samt Sonnenschirm eine Antwort erübrigt, nicke ich nur knapp.

„Wie ich sehe, läufst du schon wieder ganz normal, wie schön!" fügt er wohlwollend hinzu.

„Papi will mit uns ein Segelboot mieten!", ertönt es begeistert von Julius.

„Ich dachte, ihr fahrt heute noch weiter nach Spanien?" frage ich erstaunt.

„Wir haben ein paar Tage verlängert." Hanno schlägt Alex auf die Schulter und zwinkert Julius zu. „So kann ich doch endlich mal etwas Zeit mit meinen Söhnen verbringen."

„Cool, super Idee, Papi!", freut sich auch Alex. „Kommst du jetzt mit an den Strand, 'ne Runde schwimmen?"

„Klar! Geht ruhig schon mal vor, ich komm' in ein paar Minuten nach!" meint Hanno mit einem Seitenblick auf mich.

Ich hebe verwundert die Augenbrauen. Was wollte er denn jetzt?

Die Jugendlichen hängen sich ihre Strandtücher um den Hals, Alex ergreift das Boot und schon trollen sie sich. „Seid bloss vorsichtig mit dem Boot!", rufe ich ihnen nach, ganz die Gluckenmutter, ich kann es nicht lassen...

Hanno giesst sich ein weiteres Glas Limonade aus dem vor ihm auf dem Tisch stehenden Krug ein und blickt sinnend vor sich hin.

Ich bin nach dem Morgen am Strand und dem Schwimmen ziemlich hungrig. Weil Hanno keine Anstalten macht, demnächst aufzubrechen, biete ich ihm an, einen Imbiss mitzuessen.

„Mit Vergnügen!" lächelt Hanno. Der ist heute wirklich gut drauf.

Ich bringe alles, was ich noch im Kühlschrank finde, heraus: Käse, Terrine au Poivre, Oliven und dazu ein Baguette. Hanno greift herzhaft zu.

„Ach Julia, fast wie früher", seufzt er plötzlich und sieht mir in die Augen.

Verwirrt senke ich den Blick. Was sollte ich denn davon halten?

„Sag mal, hast du vielleicht auch noch was Stärkeres im Haus als Limonade?"

„Früher hat dir meine selbstgemachte Limonade immer gut geschmeckt", greife ich seine Bemerkung auf, mit Betonung auf ‚früher'.

Kurz darauf stossen wir mit Rosé an, zum Glück ist mir der Vorrat noch nicht ausgegangen. Hanno leert sein Glas in einem Zug und schenkt sich nach. Sein Verhalten befremdet mich, so kenne ich ihn gar nicht.

„Sag mal, was ist eigentlich los mit dir? Und wo ist überhaupt Brunhilde?"

Hanno seufzt noch tiefer als zuvor und bringt zögernd hervor: „Weisst du, mit Brunhilde läuft es in letzter Zeit nicht so gut..."

Fast die gleichen Worte, mit der Serge seine Beziehung zu Ginette beschrieben hat. Sind denn alle Männer plötzlich verrückt geworden?

„Wir sind im Grunde doch sehr verschieden", fährt Hanno fort.

„Das waren wir auch immer!", kontere ich.

„Ja, aber in den grundsätzlichen Dingen des Lebens haben wir sehr gut übereingestimmt." Hanno lässt sich nicht beirren. „Weisst du, so ein leckeres einfaches Essen zum Beispiel, das wäre Brunhilde längst nicht fein genug. Für sie ist das luxuriöseste Restaurant gerade gut genug. Auch jetzt, im Hotel, macht sie eine teure Wellness-Behandlung nach der anderen... Im Meer war sie noch kein einziges Mal, nur im Pool."

Das kann ich allerdings auch nicht verstehen, und ich nicke mitfühlend.

„Und dann das ewige Golfspielen und Geschwafel darüber!" Hanno ist nicht mehr zu stoppen. Er bringt alles, was offenbar schon lange in ihm schwelt, zur Sprache.

Ich kann mich nicht enthalten, innerlich zu grinsen. Was für eine Ironie des Schicksals, der Ex schüttet seiner Ex das Herz aus über die aktuelle Freundin und will auch noch getröstet werden...

„Julia", murmelt Hanno mit etwas schwerer Zunge nach dem dritten Glas Rosé (oder war es das vierte?), legt mir seine Hand auf den Arm und tätschelt mich. „Denkst du auch noch manchmal an früher, an uns?" Wieder ein tiefer Blick seiner grauen Augen.

„Wir waren doch glücklich, nicht wahr? Weisst du noch, unsere Hochzeitsreise auf die Seyschellen?"

Daran erinnere ich mich allerdings noch mit wehmütigem Vergnügen... Was Reisen betraf, oder auch kostspielige Überraschungen, war Hanno immer grosszügig.

Ich versuche verzweifelt, mir eine passende Antwort zurechtzulegen, als plötzlich eine tiefe männliche Stimme erklingt.

„Störe ich?"

Joachim, der, von uns beiden unbemerkt, durch die Hinterpforte den Garten betreten hat, betrachtet unser Tête-à-tête mit verächtlicher Miene. Zum zweiten Mal innerhalb kürzester Zeit überrascht er mich mit einem anderem Mann...

Meine Güte, so etwas Peinliches konnte doch nur mir passieren!

„Überhaupt nicht", stottere ich. „Setzt dich doch! Ihr kennt euch ja schon."

„Nein, danke, keine Zeit", kommt es knapp. „Ich wollte dich nur fragen, ob du gegen Abend Lust auf einen kleinen Ausritt hast. Aber wie ich sehe, bist du anderweitig beschäftigt."

Spricht's, dreht sich um und stapft hinweg.

„Joachim!", rufe ich ihm nach, "Warte doch! Ich komme sehr gern mit!"

Ob er meine Worte noch gehört hat, gibt er nicht zu erkennen.

Hanno blickt mich schuldbewusst an.

„Das tut mir jetzt Leid, Julia. Da hab' ich wohl gerade ein Missverständnis ausgelöst."

„Das scheint mir auch so", seufze ich hilflos, um dann energisch hinzuzufügen: „Hör mal, Hanno, ich möchte jetzt gern duschen. Ausserdem warten die Jungs am Strand auf dich."

Ich erhebe mich. Hanno leert sein Glas und rafft sich zu meiner Erleichterung auf.

„Wir sehen uns später, Julia!", prophezeit er und schliesst mich plötzlich in die Arme, um sich wie ein Ertrinkender an mir festzuhalten. Ich fühle seine Lippen auf meinem Nacken, die mich küssen und einen Vorstoss Richtung Gesicht wagen.

Obwohl auch mich Erinnerungen an unsere vergangenen, keineswegs immer unangenehmen Momente überfluten, schiebe ich Hanno mit aller Kraft zurück, bevor seine Lippen meinen Mund erreichen.

„Hanno", mahne ich, „vorbei ist vorbei."

„Schade...", seufzt er bedauernd und macht sich widerstrebend tatsächlich auf den Weg zum Strand. Leicht schwankend sehe ich ihn, mir noch einmal zuwinkend, um die Hausecke entschwinden.

„Puh!", entfährt es mir. „Hoffentlich ertrinkt der nicht noch, in seinem Zustand... Na, die Jungs werden wohl auf ihren Papi aufpassen, was, Bonnie?"

Die Angesprochene wedelt zustimmend und folgt mir ins Haus.

Ich bin ziemlich verwirrt über Hannos Verhalten. Meinte er es ernst, oder hat er nur momentan Probleme mit seinem Luxusweibchen? Seit unserer Scheidung ist er mir jedenfalls nicht mehr so nahegekommen. Ich kann die Erinnerung daran, wie sehr wir uns einmal geliebt haben, nicht so einfach wegwischen...

Und dann noch Serge, dem ich seine Liebesschwüre nicht mehr abnehme. Mit ihm war ich in einem Traum verirrt, und nach dem Erwachen war da nichts mehr, höchstens noch eine vage Erinnerung an Reiterromantik, Ausritte bei Sonnenuntergang und Zigeunerambiance.

Anders sieht es mit Joachim aus. Beim Gedanken an ihn durchströmt mich ein warmes Gefühl von Zärtlichkeit, Geborgenheit, Wärme... Ich muss mir überlegen, wie ich ihm alles erkläre, was er heute missverstanden hat, damit er sich beruhigt und mit mir wieder so... ja, so liebevoll ist wie bisher. Ich zerbreche mir den Kopf über seine Reaktion. Der schien ja richtig eifersüchtig zu sein!

Am besten gehe ich einfach, wie von ihm zunächst vorgeschlagen, abends zum Reiten zu ihm rüber. Diese einfache Taktik erscheint mir besser als alles Kopfzerbrechen.

Nach zwei Stunden, ich habe geduscht und mich dann mit einem Schmöker ein bisschen ins Bett verkrochen, um nicht mehr an meine drei Kavaliere denken zu müssen, trete ich in die Küche. Vom Garten her höre ich Alex' Stimme ertönen: „Asseyez-vous, Mesdemoiselles!"

Nanu?

Auf der Terrasse sitzen die drei jungen Mädchen von neulich, wieder sehr schick gemacht, und zwitschern kichernd durcheinander.

„Darf ich vorstellen, Marie-Anne, Brigitte, Geneviève!" erklärt Alex galant.

„Bonjour, Madame", grüssen die Mädchen höflich. Geneviève, die Blonde, himmelt Alex mit riesigen, schwarz ummalten Augen an.

Die anderen beiden begeistern sich über Bonnie, die sich die vielen Streicheleinheiten gern gefallen lässt. So viel Besuch an einem Tag!

„Ist noch Limonade da?" Alex möchte seinen drei Grazien etwas offerieren.

„Nur, was dein Vater übriggelassen hat." Alex mustert den fast leeren Krug auf dem Tisch.

„Kein Problem, sonst trinken wir ein Gläschen Wein."

„Den hat er auch ausgetrunken", bedaure ich und erkundige mich, ob Hanno denn auch schön mit ihnen schwimmen war.

„Und wie", meint Alex. „Der Alte ist noch ganz gut in Form! Jetzt ist er los, ein Segelboot für morgen organisieren."

„Und Julius?"

„Mal wieder mit Didi shoppen." Alex rollt die Augen. „Die muss sich bald 'n zweiten Koffer anschaffen für alles, was sie hier schon gekauft hat. Klamotten über Klamotten, von den schweren Garderobenhaken aus Hufeisen ganz zu schweigen..."

Ich muss grinsen und an unser auf der Herfahrt schon zum Platzen vollgepacktes Auto denken.

„Oder wir organisieren uns einen Anhänger, wie die Holländer!" schlage ich vor.

Alex lacht zustimmend und wendet sich dann an die Mädchen: „Ich spendier' euch 'n Drink im Dorf, hier ist nichts mehr zu holen."

„Ah oui, d'accord! Wir könnten ins l'*Heure Bleue,* die machen gute Musik", schlägt Brigitte vor.

„Super Idee! Tschüss, Mami, bis später!" Die Mädchen verabschieden sich von mir, wieder äusserst wohlerzogen, dann haken Geneviève und Marie-Anne Alex rechts und links unter, während Brigitte, etwas enttäuscht, hinterher stöckelt.

Gegen halb sieben erscheine ich, in Reitkleidung, hoffnungsvoll bei Joachim. Es ist die beste Zeit zum Reiten, nicht mehr so heiß und mit einer frischen Brise, die vom Meer her weht.

Ich klopfe an die geschlossene Terrassentür, ein wenig ängstlich ob seiner Reaktion auf mein Erscheinen. Zu Hause ist er, von drinnen sind die Klänge eines romantischen Chansons zu hören, wie so oft.

Die Tür wird geöffnet.

„Oh, Julia, da bist du ja, wie schön." Joachim tut, als wenn nichts gewesen wäre, und ich lächle erleichtert.

„Ich bin schon ganz aufgeregt, endlich wieder reiten!"

„Du kennst Kleopatra ja schon, sie hat weiche Gänge und wird ganz sanft mit dir sein. Ich bin gleich soweit."

Kurz darauf gehen wir zum Stall hinüber, wo die beiden Pferde in geräumigen Laufboxen stehen. Joachims Hengst wiehert seinem Herrn freudig zu.

Ich streichle die weichen Nüstern der zierlichen Stute. „Na, meine Süsse, kennst du mich noch? Du hast mich doch nach Hause getragen." Kleopatra reibt ihren Kopf an meiner Schulter und nimmt vorsichtig das mitgebrachte Stückchen Zucker entgegen.

Joachim ist zu seinem Hengst getreten, der beträchtlich kräftiger gebaut ist als die kleine Stute.

„Ja, mein Schöner, gleich geht's los." Joachim klopft seinem Pferd den Hals.

„Darf ich vorstellen, Antonius!"

„Wie Markus Antonius?" lächle ich. „Warum nicht Cäsar?"

„Der wäre meiner Königin zu alt gewesen!", witzelt Joachim. Ich bin erleichtert, dass er sich mir gegenüber wieder ganz normal verhält, trotz meiner doppelten ‚Verfehlung'.

Wir satteln die Pferde und sitzen auf. Gottseidank, ich kann meinen Fuss wieder ganz normal belasten, als ich ihn in den Steigbügel stelle und mich auf's Pferd schwinge.

Die Stute läuft wunderbar, sie hat wirklich weiche Gänge und ich lache glücklich.

Wir nehmen den Weg am Etang entlang, in dem rosa Flamingos auf einem Bein im Wasser stehen und über dem weisse Möwen kreischend ihre Kreise ziehen.

„Weisst du, das mit Hanno tut mir Leid", wage ich schliesslich den Vorstoss zu einer Erklärung. „Er hatte irgendwie eine sentimentale Anwandlung. Hat Probleme mit Brunhilde..."

Joachim, der neben mir reitet, nickt verständnisvoll. „Ich kann sowieso nicht nachvollziehen, wie man eine Frau wie dich aufgeben kann."

Dieses Kompliment lässt mich, wie typisch für mich, errötend verstummen.

Wir reiten in einvernehmlichem Schweigen Seite an Seite. Als der Weg sich verbreitert, fragt Joachim: „Bereit für einen kleinen Galopp?"

Und ob ich das bin! Ich lockere die Zügel und drücke Kleopatra sanft die Hacken in die Weichen. Sofort galoppiert sie an. Wir fliegen am schilfgesäumten See entlang, dass der Sand nur so aufstiebt. Mein Fuss, fest im Steigbügel, tut gar nicht mehr weh. Wieder einmal geniesse ich das herrliche Glücksgefühl, das mich im schnellen Galopp immer überkommt.

Atemlos parieren wir die Pferde am Ende des Weges durch. Ich fühle mich wunderbar leicht und entspannt. Das Reiten lässt die Endorphine nur so durch den Körper strömen, denke ich, innerlich jauchzend.

Auf dem Rückweg, der Himmel hat sich inzwischen zartrosa gefärbt, reiten wir im Schritt dicht nebeneinander her. Unsere Steigbügel klirren leise aneinander. Einen winzigen Moment muss ich an Serge denken, aber mit Joachim ist alles so anders, irgendwie ganz vertraut und friedlich, wie selbstverständlich.

Als hätte Joachim meine Gedanken erahnt, blickt er mir in die Augen und ergreift meine Hand. Schweigend reiten wir weiter. Die Sonne geht langsam als glutroter Ball im Etang unter und ich bin einfach nur glücklich. Als Joachim sich zu mir herüberbeugt und mich zärtlich küsst, hätte es schöner nicht sein können. Der perfekte Augenblick, denke ich, wie in einem Kitschfilm. Hoffentlich diesmal mit Happy End!

„Trinken wir nachher bei mir noch ein Glas zusammen?" unterbricht Joachim meine romantische Träumerei mit leicht heiserer Stimme. Bei der verlockenden Vorstellung eines lauschigen Zusammenseins bei Kerzenlicht, im Hintergrund schmelzende Klänge, nicke ich sehnsuchtsvoll.

„Und später möchte ich dich zum Essen einladen, du darfst das Restaurant aussuchen."

Was für ein Mann... Die Glückshormone werden zur Flut!

Voller Vorfreude in Aussicht auf die kommenden schönen Momente reiten wir durch Joachims Gartentor bis zum Stall, um die Pferde abzusatteln und zu versorgen. Plötzlich zucke ich erschreckt zusammen: Im Dämmerlicht erkenne ich auf der Terrasse eine Gestalt, eine Frau?! Ja, eine elegante Dame, die blonden Haare hochgesteckt, im weissen Kostüm, perfekt geschminkt, was ich als Frau sogar im Halbdunkeln ausmachen kann. Neben ihr ein grosser, ebenfalls weisser, Lederkoffer.

Joachim, der meinen bestürzten Blick nun auch bemerkt, verfällt in Schockstarre.

„Hallo, Jo! Überraschung!", flötet die Dame.

„Britta?!" Joachim hat endlich seine Stimme wiedergefunden. „Was in drei Teufels Namen machst du hier?"

„Na eben, dich überraschen", lässt sich die Blonde nicht beirren. „Freust du dich?"

Ein irritierter, abschätziger Blick streift meine nach dem Reiten etwas zerzauste Erscheinung. Sie scheint jedoch entschlossen, mich weiterhin zu ignorieren.

„Ob ich mich freue?! Nein!" ruft Joachim jetzt wütend. „Was hast du dir bloss dabei gedacht, hier einfach aufzutauchen?"

Ihm wird plötzlich klar, wie verwirrend und unangenehm die Situation für mich sein muss. Entschuldigend wendet er sich mir zu: „Das ist meine Ex-Freundin Britta."

Das ‚Ex' betont er und legt mir demonstrativ den Arm um die Schultern.

„Britta, das ist Julia."

Sie nickt kühl in meine Richtung und murmelt: „Sehr erfreut." Ganz die kühle, reservierte Norddeutsche. Ihr Ton straft die Worte Lügen...

Ich denke nur noch an Flucht.

„Nun, ihr habt sicher einiges zu besprechen, ich geh' dann mal rüber." Ich drücke Joachim Kleopatras Zügel in die Hand, streichle ihr noch einmal über den Hals und mache mich so schnell wie möglich aus dem Staub.

„Ich hol' dich nachher ab, Schatz!", ruft Joachim mir nach. Schatz hat er mich noch nie genannt...

Die ganze Szene hatte mich zutiefst verwirrt. Britta schien die Trennung von Joachim offenbar noch nicht bewusst zu sein, oder war das ganze Schauspiel nur eine schlaue, weibliche Taktik? Das würde ich ihr sofort zutrauen.

Mir treten die Tränen in die Augen. Also doch kein Happy End? Heute jedenfalls kaum...

**Kapitel 22**

*Wer bekommt den goldenen Apfel?*

Am liebsten hätte ich mich unbemerkt in mein Zimmer ge-
schlichen, aber Didi ist im Wohnzimmer. Sie breitet gerade
ihre neu erworbenen Schätze auf dem Sofa aus:

zwei kunterbunte Patchwork-Röcke, eine knallrote Tunika
und - eine Hängematte!

„Cool, nicht? Die können wir vorläufig ja hier im Garten aufhängen!", ruft sie Beifall heischend. Ich frage mich im Stillen,
wo sie die in Hamburg aufhängen will, etwa auf ihrem winzigen Balkon in der Stadtwohnung?

Mit einem Seitenblick auf meine Reitkleidung fragt Didi dann,
spitzbübisch lächelnd:

„Na, schönen Ausritt gehabt?"

„Ach, es ist alles so kompliziert", rutscht es mir heraus.

„Geniess es doch einfach!", rät sie mir weise. „Du bist jetzt
sozusagen ein weiblicher Paris, nur dass du dich nicht zwischen drei Göttinnen entscheiden musst, sondern zwischen
drei Typen. Wer hier wohl die Aphrodite wäre?" Didi grinst.
„Von der Optik her eindeutig Serge, der ist richtig sexy. Obwohl er wahrscheinlich eine männliche Schlampe ist, genau
wie meine Namensgeberin."

„Aphrodite! Ich bin entrüstet!" empöre ich mich und versuche, sie streng anzublicken, was mir nicht ganz gelingt. Gegen
meinen Willen muss ich losprusten. Die Vorstellung, wie mei-

ne drei Galane vor mir aufgereiht stehen und auf meine Entscheidung harren, ist auch wirklich zu komisch: Serge, der mich unter der Krempe seines Cowboyhutes hervor mit seinen lang bewimperten Augen lasziv anblinzelt, links und rechts flankiert vom aufrechten Hanno in korrekter Geschäftskleidung und vom stattlichen, blauäugigen Joachim im weissen Arztkittel, beide zutiefst getroffen und empört, als ich Serge den goldenen Apfel reiche...

„Woher weisst du überhaupt...?" frage ich und wische mir die Lachtränen aus den Augen. Das mit Hanno konnte sie doch eigentlich gar nicht mitgekriegt haben.

„Einer Frau entgeht so leicht nichts", entgegnet Didi und erstaunt mich einmal mehr. „Also, wer bekommt jetzt den goldenen Apfel?"

Sie entschwindet mit einem frechen Grinsen und lässt mich perplex zurück.

Alex erscheint. „Wir gehen ins Dorf, Pizza essen. Hast du auch Bock? Gegenüber vom Marktplatz ist eine Pizzeria, da passt die Pizza fast nicht auf den Teller, so riesig ist die!" schwärmt er. Ich lehne dankend ab.

„Bin noch mit Joachim verabredet." Falls er sich von seiner Ex loseisen kann, denke ich und seufze in mich hinein.

Kurz darauf brechen alle drei Jugendlichen auf. Ich will mich gerade umziehen, als es an der Vordertür pocht.

„Habt ihr was vergessen?" rufe ich und reisse die Tür auf.

„Hallo, Julia! Da bin ich wieder." Hanno, im Arm zwei Flaschen Rosé, lächelt entschuldigend.

„Kleine Entschädigung für heut' Nachmittag. Lässt du mich rein?"

Automatisch trete ich zur Seite. Hanno durchquert das Wohnzimmer, als wäre er hier zu Hause und marschiert direkt auf die Terrasse. Ich seufze resigniert und hole zwei Gläser. Jetzt konnte ich auch ganz gut einen Schluck gebrauchen.

„Auf dich, Julia!" Hanno prostet mir zu und trinkt einen grossen Schluck.

„Ich muss dir etwas sagen", kündigt er sodann feierlich an. Mir schwant Unheil... Gebannt hänge ich an seinen Lippen.

„Julia, ich habe mich von Brunhilde getrennt. Sie ist schon auf dem Weg nach Spanien."

„Oh, das tut mir Leid", bringe ich entgeistert hervor.

„Das muss es nicht. Ist besser so. Es lebe die Freiheit! Prost!"

Langsam mache ich mir ernsthaft Sorgen um meinen Exmann. Hatte es in diesem Urlaub Zeiten gegeben, an denen ich dem Alkohol etwas zu freudig zugesprochen habe, läuft nun eindeutig er Gefahr, in meine Fussstapfen zu treten.

„Ich kann wohl nicht hier bei euch wohnen? Platz habt ihr ja", fragt Hanno hoffnungsvoll. Meine vehemente Ablehnung scheint ihn weiter nicht zu stören.

„Dachte ich mir fast, darum habe ich mir ein kleines Hotel genommen, ganz hier in der Nähe." Ich atme auf.

Im etwas missglückten Versuch, ihn aufzumuntern, frage ich, ganz die verständnisvolle Psychologin: „Und wie fühlst du dich jetzt, als frisch gebackener Single?"

„Prächtig! Es geht mir wunderbar. Bin direkt erleichtert."

Hanno lacht in sich hinein. „Es gibt auch noch andere Frauen..." Dabei blickt er mich fast liebevoll an.

Fieberhaft überlege ich, wie ich meinen Ex möglichst taktvoll abwimmeln kann, ohne ihn zu verletzten. Obwohl er mir gegenüber nicht immer so rücksichtsvoll war...

„Hanno", beginne ich vorsichtig, „so eine Trennung muss man erstmal verarbeiten. Mach dir doch einfach ein paar schöne Tage mit deinen Söhnen und denk nicht gleich schon wieder an andere Frauen."

„Nicht an Frauen, nur an eine Frau - an dich! Mir ist klar geworden, dass unsere Scheidung ein grosser Fehler war, ja, du fehlst mir, das ist mir nach und nach bewusst geworden."

Hanno rückt ein Stück näher an mich heran und ergreift meine Hand.

„Du weisst doch, alte Liebe rostet nicht", zitiert er triumphierend.

Kommt er jetzt auch schon mit Sprichwörtern? Ganz ähnlich wie Joachim bei unserem ersten, eher unglücklichen Zusammentreffen in der Praxis, wo ich mich so über seine besserwisserige Art geärgert hatte?

Alte Liebe, gut und schön... Aber möchte ich eine aufgewärmte, lauwarme Beziehung wieder aufleben lassen?

„Sie rostet eben doch", entgegne ich lakonisch. „Es ist so viel passiert inzwischen, du hast dich doch sogar neu verliebt."

„Nur, weil ich mich so einsam gefühlt habe. Das mit uns war etwas ganz anderes", beharrt Hanno.

„Du musst jetzt gar nichts sagen, ich weiss, das kommt überraschend für dich. Aber denk auch an unsere Söhne."

„Die waren dir die letzten Jahre nicht sehr wichtig!" Ich bin verwirrt und fühle mich überrumpelt.

„Julia, das stimmt doch nicht. Unsere Situation nach der Scheidung war schwierig und ich hatte den Eindruck, dass im Gegenteil unsere Söhne von mir nicht viel wissen wollten."

„Du hattest ja auch kaum Zeit für sie!"

„Bitte, Julia, lass uns nicht streiten, wo doch jetzt alles gut werden könnte. Glaub mir, ich möchte es wirklich nochmal mit uns versuchen."

Hanno blickt mir tief in die Augen und streichelt meine Hand.

Verzweifelt suche ich nach einer Antwort und muss gegen meinen Willen an Paris und den Apfel denken...

Zugegeben, Hanno hatte sich in der letzten Zeit positiv gewandelt, auch schien er es ernst zu meinen. Aber hatte ich noch Gefühle für ihn? Was war noch übrig von meiner grossen Jugendliebe? Als wir heirateten, war ich einundzwanzig. Es folgten einige glückliche, unbeschwerte Jahre. Wir studierten beide noch und hatten wenig Geld, aber wir konnten das Leben und unsere Liebe geniessen. Unsere Probleme hatten, paradoxerweise, nach den Geburten der Söhne begonnen. Streit in Erziehungsfragen, eifersüchtiges Verhalten des Vaters gegenüber den Söhnen. Dazu seine stressige Arbeit, verbunden mit zahlreichen längeren Geschäftsreisen... Und dann war da auch noch diese andere Frau...

Ich fühle Hannos Lippen an meiner Schläfe. „Schnucki-maus...", flüstert er. Jetzt benutzt er auch noch meinen alten Kosenamen!

In diesem Moment rettet mich ein kräftiges Pochen an der Tür. Der Türklopfer in Form eines Stierkopfes verursacht ein derart kräftiges Geräusch, dass man es bis auf die Terrasse hört. Seltsam, heute kommen alle von vorn ins Haus.

Joachim steht vor mir, mit etwas ängstlicher Miene.

„Gehen wir essen?" fragt er hoffnungsvoll. Da mir so die per-fekte Fluchtmöglichkeit geboten wird, erst einmal von Hanno wegzukommen, stimme ich schnell zu.

„Gib mir nur fünf Minuten, ich hab' mich noch nicht mal umgezogen."

„Kommen Sie, trinken Sie ein Glas Wein mit mir!", ruft Hanno von der Terrasse her, „Es gibt etwas zu feiern!"

Leicht verwundert kommt Joachim der Aufforderung nach und setzt sich zu Hanno an den Tisch.

Als ich kurz darauf in meinem neuen, schwarzen Kleid, das vorn gewagt tief ausgeschnitten ist (Didi hatte mich zum Kauf überredet), nach draussen komme, sitzen die beiden Männer einträchtig beisammen. Die erste Flasche ist fast geleert.

„Donnerwetter!" Hanno pfeift anerkennend durch die Zähne, auch Joachim blickt mich bewundernd an. Wie gut das tut, fast fühle ich mich als femme fatale (endlich einmal)!

„Dann mal los", rufe ich munter. „Hanno, fühl dich wie zu Hause (was er ja sowieso schon tat). Wenn du gehst, schliess einfach alle Türen."

„Alles klar!" Hanno schenkt sich den Rest Wein ein und wirkt ganz zufrieden.

Auf dem Weg ins Dorf frage ich, wie nebenbei:" Und was ist jetzt mit Britta?"

„Sie reist morgen ab", kommt es etwas zögernd.

„Morgen?? Und wo bleibt sie bis dahin?"

„Julchen, heute Abend findet sie kein Hotel mehr. Ich konnte sie ja schlecht vor die Tür setzten."

„Und das heisst?? Übernachtet sie etwa bei dir?"

Meine alles andere als begeisterte Reaktion richtig deutend, fügt er beruhigend hinzu: „Ich habe zwei Schlafzimmer, keine Sorge."

Wirklich beruhigen tut mich das nicht, dieser Schlange traue ich so ziemlich alles zu. Wie grotesk, bei ihm sitzt seine Ex-Freundin, bei mir mein Ex-Mann. Und wir beide sind auf der Flucht. Ich muss grinsen. Joachim scheint erleichtert. Ich lasse ihn vorerst in dem Glauben, dass ich mich mit der Situation abgefunden habe und verfolge dieses Thema nicht weiter.

Wir essen eine fantastische Bouillabaisse in einem etwas versteckt liegenden Restaurant und reden und lachen viel. Der Weisswein, den wir dazu trinken, ist frisch und fruchtig. Wieder einmal denke ich, wie wohl und unbeschwert ich mich in Joachims Gegenwart fühle.

Spät abends schlendern wir, Hand in Hand, am Hafen entlang zurück. Zurück, wo seine Ex wie eine Spinne schon darauf lauert, ihn in ihr Netz zu locken...

Meine Fantasie geht mal wieder mit mir durch - in rascher Folge spulen, wie in einem Film, die wildesten Szenarien vor mir ab, eins beunruhigender als das andere.

Soll ich ihn mit zu mir nehmen? Andererseits sind wir noch nicht so weit, ausser ein paar Küssen ist bisher nichts zwischen uns passiert. Und was würden die Kinder sagen?

Vor meiner Haustür angelangt, zieht er mich sanft in seine Arme und küsst mich ausführlich und zärtlich. Wie gut er riecht! Ich geniesse seine Nähe und Wärme. Nach einem langen Moment streicht er mir über die Wange.

„Danke für den schönen Abend! Bis morgen, mein Liebling. Ich werde von dir träumen!"

Ich schlucke. Jetzt wäre der Moment, ihn aufzuhalten.

„Bis morgen, bleib standhaft." Ich schelte mich einen Feigling und schäme mich für diesen - wieder einmal - missglückten Scherz. Oh, ich könnte mich ohrfeigen!

„Keine Sorge", ruft er im Gehen und winkt mir nochmals lächelnd zu.

Es wird eine schreckliche Nacht. Schlaflos wälze ich mich hin - und her. Gegen Morgen, als ich doch noch in einen unruhigen Schlummer sinke, habe ich einen schlimmen Albtraum. Ich sehe Britta, im schwarzen, transparenten Négligé, eine Wolke schwerer orientalischer Düfte hinter sich herziehend, an den Fussgelenken klirrende Kettchen, in Joachims Schlafzimmer eindringen. Dort führt sie ihrem ihr hilflos ausgelieferten Opfer einen sinnlichen Bauchtanz auf, dass die Hüften nur so kreisen, um den armen, ihren Reizen gegenüber machtlos kapitulierenden Mann dann nach allen Regeln der Kunst zu verführen...

„Nein!" Schweissgebadet erwache ich von meinem eigenen Aufschrei.

Mit verquollenen, geränderten Augen sitze ich am Morgen vor meinem Espresso. Die Jungmannschaft ist ausnahmsweise schon munter, sie freuen sich auf den versprochenen Segeltörn mit ihrem Vater.

„Papi kommt um neun", erklärt Alex.

Kaum hat er die Worte ausgesprochen, tritt Hanno auch schon durch die hintere Gartenpforte. Heute hält er keinen Wein, dafür aber ein Baguette unter dem Arm. Dazu stellt er eine Tüte Croissants auf den Tisch.

„Ich dachte, ihr braucht vielleicht noch was zum Frühstück."

„Cool, Papi!" Julius schnappt sich ein Croissant.

„Guten Morgen, Julia. Wie geht es dir heute?" fragt er höflich und ein wenig förmlich, dabei mustert er mich forschend. Natürlich entgeht ihm mein kläglicher Zustand nicht.

„Super, danke, auch für das Frühstück! Wir haben tatsächlich fast nichts mehr im Haus", gebe ich mich fröhlich.

Es wird ein richtig lustiges Familienfrühstück. Hanno lacht und scherzt mit den Kindern, die ebenfalls bester Stimmung sind.

Alle, bis auf mich, denke ich niedergeschlagen und voller Selbstmitleid.

Die hintere Gartentür öffnet sich nochmals und Joachim erscheint. Heute kommen alle durch den Garten, sinniere ich, als ob dieses Detail irgendeine Bedeutung hätte.

„Hallo allerseits!", grüsst mein Ritter in die Runde. Ist er denn noch mein Ritter? Oder etwa ein gefallener Held, wie in meinem Traum?

Joachim küsst mich auf die Wange und platzt unvermittelt heraus: „Julia, ich hab' Britta rausgeschmissen. Endgültig!"

„Aha? Sie reist also ab?" frage ich hoffnungsvoll. Das wäre zu schön, um wahr zu sein.

Joachim druckst herum. „Ja, weisst du, sie will noch ein paar Tage hier bleiben, nach der langen Reise. Sie sucht sich ein Hotel."

„Das dürfte schwierig sein, jetzt in der Hochsaison", gebe ich kühl zu bedenken.

Hanno horcht auf. „Wenn ich richtig verstehe, sucht eine Bekannte von Ihnen ein Hotel? Bei mir im *Les Palmiers* sind noch Zimmer frei!"

„Das wäre ja wunderbar!" Joachim scheint richtig erleichtert.

„Wo finden wir denn besagte Dame?" will Hanno beflissen wissen.

„Sie lädt gerade ihr Gepäck ins Auto, entgegnet Joachim, wenig gentlemanlike.

Da ist mein Ex-Mann ein ganz anderes Kaliber. Sogleich erhebt er sich und verlässt unseren Garten durchs Vordertor, gefolgt von Joachim. Auch ich stolpere, von ängstlicher Neugier getrieben, hinterher.

Tatsächlich, Britta, wieder sehr elegant in fliederfarbenem Etuikleid, wuchtet soeben ihren riesigen Koffer in einen vor Joachims Hütte parkenden Alfa Romeo Cabrio. Ein umfangreicher Kosmetikkoffer folgt.

Hanno tritt auf sie zu und verbeugt sich leicht. „Gnädige Frau!" Mein Ex ist in seinem Element. „Darf ich mich vorstellen? Hanno Hansen aus Hamburg."

Der spricht direkt in Alliterationen, denkt die Sprachlehrerin in mir.

„Vielleicht kann ich Ihnen aus der Verlegenheit helfen. Ich hörte, Sie suchen ein Hotelzimmer?" fährt Hanno fort. (Nochmal ein Wort mit ‚h', haha...)

Blitzschnell mustert Britta meinen Ex, der in seiner stilechten blauweissen Seglerkleidung eine gute Figur macht, von oben bis unten.

Offenbar wird er für würdig befunden, ihre Bekanntschaft zu machen.

„Britta Falkenberg", stellt auch sie sich vor. Diesmal klingt ihr „Sehr erfreut!" echt und bedeutend freundlicher als mir gegenüber.

„Bei mir im Hotel, ganz hier in der Nähe, sind noch Zimmer frei. Ich begleite Sie gern dorthin, dann können Sie entscheiden, ob es Ihnen zusagt."

„Das wäre ja ganz reizend", flötet Britta und klimpert mit den langen Wimpern.

„Bin baldmöglichst zurück", ruft Hanno in unsere Richtung und steigt bei Britta ins Auto, nicht ohne ihr zuvor, ganz oldschool, die Autotür aufgehalten zu haben. Das Cabrio rauscht davon.

„Sie hat sich nicht mal von dir verabschiedet", stelle ich verdutzt fest.

„Die war so von deinem Ex angetan, die hat mich gar nicht mehr wahrgenommen", grinst Joachim. Und, nach einer gedankenvollen Pause: „Womöglich haben wir zwei Fliegen mit einer Klappe geschlagen?!"

Beide brechen wir in Gelächter aus.

„Häh, ist Papi weggefahren?!" Alex biegt um die Hausecke.

„Er kommt gleich zurück", beruhige ich ihn. Hoffentlich, füge ich im Stillen hinzu. „Er zeigt Britta sein Hotel."

„Mensch, wir sind extra so früh aufgestanden! Er will doch mit uns segeln gehen..." empört sich nun auch Julius.

Didi tritt herzu und bemerkt, in ihrer üblichen, frühreifen Weisheit: „Spielen wir hier eigentlich ‚Bäumchen wechsle dich'? Und da heisst es, Teenager seien flatterhaft!", womit sie, meiner Meinung nach, mal wieder gar nicht so falsch liegt...

Wir kehren an den Frühstückstisch zurück.

Nach einer guten Viertelstunde kommt Hanno, mit befriedigter Miene, wieder durch den Garten marschiert.

„Konntest du die Dame gut unterbringen?" frage ich lakonisch.

„Ja, Frau Falkenberg ist sehr zufrieden. Eine überaus bezaubernde Dame", stellt Hanno in der gestelzten Redeweise fest, die ihm zuweilen zu eigen ist und die mich jedes Mal zur Weissglut bringt.

Er blickt zu Joachim hinüber. „Manchmal kann man fast nicht verstehen, wieso Beziehungen in die Brüche gehen." Salbungsvoll fügt er noch hinzu: „Warum in die Ferne schweifen, wenn das Gute liegt so nah..." Dabei schaut er zuerst Joachim, dann wiederum mich melancholisch und bedeutungsvoll an.

„Oh, Entschuldigung!" ihm wird sein Faux-pas bewusst. „Ich wollte euch Turteltäubchen nicht kränken."

„Turteltäubchen?!", quietscht Didi und entspannt damit die Situation, auch die Jungs lachen.

„Geht's jetzt endlich mal los, Papi?" drängt Alex nun ungeduldig.

„Jawohl, auf zum Hafen! Ihr werdet staunen, hab' ein schnittiges Boot ergattert."

Gutgelaunt machen die Vier sich endlich auf den Weg, ich bleibe mit Joachim allein zurück.

„Uff!", seufzt der. „Und was machen wir zwei überaus hübschen Turteltäubchen jetzt mit unserer Freiheit? Reiten oder zuerst Strand?"

„Strand!" antworte ich sofort. Nach meiner schlaflosen Nacht fühle ich mich zum Reiten wirklich noch nicht fit genug.

Wir verbringen einen wunderschönen, erholsamen Tag am Strand, der am Abend von einem herrlichen Ausritt gekrönt wird.

Die Jungmannschaft ist nur kurz aufgetaucht, erschöpft, aber begeistert, um mitzuteilen, dass ihr Vater sie jetzt zum Essen ins Dorf eingeladen habe.

Joachim und ich sind beim Sonnenuntergang am Meeressaum entlang galoppiert, wie es romantischer nicht sein könnte.

**Kapitel 22**

*„Je t'aime etc"* [1]


Jetzt sitzen wir tatsächlich mit einem gut gekühlten Pastis Camarguais auf Joachims Terrasse, bei Kerzenschein, genau wie ich es mir in meinen Träumen ausgemalt hatte.

Auch die musikalische Untermalung fehlt nicht, es erklingen alte, französische Chansons, wie ich sie liebe.

Joachim hat den Grill angeworfen.

„Ich glaube, die Glut ist jetzt perfekt." Er legt grosse Entrecôtes, die er zuvor mariniert hat, auf den Rost. Bald duftet es nach Rosmarin und Knoblauch.

„Was du nicht alles kannst!", staune ich.

„Warte nur, bis du meinen Salat ‚à la Provence' probiert hast", lächelt Joachim, „mit frischem Ziegenkäse und Feigen!"

Sogar den Tisch hat er geschmackvoll gedeckt, wie ich bewundernd bemerke.

„Fertig, Madame peut manger!" ruft er jetzt.

Das Essen schmeckt vorzüglich, auch der eisgekühlte Rosé, den wir dazu geniessen, ist köstlich. Wie immer unterhalten wir uns ungezwungen und intensiv, als würden wir uns schon jahrelang kennen.

---

[1] Chanson von Julien Clerc (Ich liebe dich, etc.)

„Sag mal, was gefällt dir eigentlich an mir?" will ich nun doch wissen. „Ich meine, wo ich so ganz anders bin als die elegante Britta?"

„Gerade weil du natürlich und nicht so künstlich gestylt bist, gefällst du mir. Du bist immer du selbst." Und, nach einer kleinen Pause, mit einem spitzbübischen Lächeln: „Ausserdem hab' ich eine Schwäche für leicht hysterische Besitzerinnen von etwas neurotischen Hunden!" Er zwinkert mir zu.

„Genau wie ich eine Schwäche für dominante Tierärzte mit herrischem Gebaren habe!"

Joachim lacht und legt eine neue Schallplatte auf. Genau wie ich schwärmt er für diese nostalgische Art, Musik zu hören und hat noch einen alten Plattenspieler. „Oh, das ist ja Julien Clerc!" Für diesen Sänger habe ich schon seit meiner Jugend eine Schwäche... Joachim schien auch noch meinen Musikgeschmack zu teilen! Ich lausche glücklich...

Als Julien mit seiner warmen, etwas brüchigen Stimme *Je t'aime etc.* singt, zieht Joachim mich hoch.

„Darf ich bitten?" Er nimmt mich fest in die Arme, und wir tanzen langsam und eng umschlungen im weichen Rhythmus des Liedes. Unsere Lippen finden sich immer wieder. Bei *Femmes, je vous aime* werden Joachims Küsse und Zärtlichkeiten leidenschaftlicher. Mein Herz schlägt zum Zerspringen schnell und verwirrende, unbeschreibliche Gefühle überfluten mich.

Womit hab' ich es verdient, so glücklich zu sein?" flüstere ich.

„Ich möchte dich ein Leben lang glücklich machen, mein Liebling!", raunt er in mein Haar.

Ich verliere jegliches Zeitgefühl, mein Verstand setzt aus, ich spüre nur noch seine Zärtlichkeiten, seinen fest an mich gepressten Körper. Bei aller entflammten Leidenschaft ist da jedoch auch ein warmes Gefühl des Vertrauens, der Geborgenheit, der – Liebe? Ich wünsche mir, ewig so weiterzutanzen...

Irgendwann nimmt er meine Hand und führt mich, ganz selbstverständlich, in sein Schlafzimmer...


Ich erwache mit einem unglaublichen Glücksgefühl. Dicht neben mir spüre ich Joachims warmen Körper, sein Kopf liegt an meiner Schulter, sein rechter Arm umschlingt mich noch im Schlaf. Ich hauche ihm einen Kuss auf eine seiner schwarzen Augenbrauen und betrachte ihn. Wie gut mein Ritter doch aussieht, sogar im Schlaf!

Als spürte er meine Blicke, öffnet Joachim die Augen. „Ich liebe dich!", murmelt er.

„Ich liebe dich", erwidere ich. Diese magischen Worte haben wir uns nachts wieder und wieder zugeflüstert.

Schlaftrunken zieht mein Liebster mich in seine Arme und küsst mich.

„Guten Morgen, mein Schatz. Wie gut du riechst! Frühstück?" Er streichelt zart meinen Rücken. „Oder lieber etwas später?"

Bedauernd, aber mit einem Rest langsam zurückkehrenden Verantwortungsgefühls, löse ich mich aus seinen warmen Armen.

„Liebster, ich sollte mich mal bei den Kindern sehen lassen. Die wissen doch gar nicht, wo ich stecke."

„Meinst du?" lächelt Joachim, lässt mich aber los und beobachtet, wie ich meine überall verstreuten Kleider zusammensuche.

„Du bist wunderschön!" Er grinst. „Ohne Kleider noch mehr als angezogen..."

Wann hat mir jemand zuletzt solche Komplimente gemacht? Ein bisschen verlegen küsse ich ihn zum Abschied, dann reisse ich mich von ihm los. „Bis nachher, mein Liebling. Schlaf du ruhig noch ein Stündchen."

„Gut", sagt er gehorsam, „dann träum' ich noch etwas von dir und von heute Nacht..."

In der Hoffnung, dass die Kinder noch schlafen, schleiche ich mich, so leise wie möglich, ins Haus. Pech gehabt, Didi steht schon hellwach in der Küche.

„Nun gut, auch dein edler Ritter ist gar wohl einen goldenen Apfel wert", deklamiert sie, mit ironischem Unterton. Ich war schon gewappnet, in der Erwartung ähnlicher anzüglicher Bemerkungen, und lächle nur.

„Häh? Was für 'n Apfel?" fragt der hinzutretende Julius verständnislos.

„Lass dir das mal schön von deiner Mami erklären!" Didi blinzelt mir verschwörerisch zu.

„Männer im weissen Kittel umweht natürlich auch eine ganz besondere Aura. Fast wie Typen in Uniform", fügt sie fachkundig hinzu.

„Muss ich mir Sorgen machen?" grinst Julius. „Soll ich mich mal als Polizist verkleiden oder als Flugbegleiter?"

Kichernd und albernd decken die beiden den Frühstückstisch. Alex taucht ebenfalls auf und lächelt mich wissend an. „Na, auch schon da?"

Langsam komme ich mir vor wie eine jungfräuliche Maid, die nach der ersten Nacht ausser Haus von den Eltern ertappt wird.

„Nee, lass man, der Joachim ist schon in Ordnung." Alex klopft mir väterlich auf die Schulter.

Später, nach einem schmackhaften Frühstück, auf das ich mich mit Heisshunger gestürzt habe (zum Glück, ohne deswegen auch noch ironische Bemerkungen einstecken zu müssen), sagt Didi: „Übrigens, falls es dich interessiert, wir sind gestern Abend noch ein Stück am Strand spazieren gegangen..."

Sie macht eine wirkungsvolle Pause.
„Und?" frage ich gespannt.

„Tja, wir haben deinen Ex zusammen mit dieser Britta gesehen. Sie sassen im *Farniente*, vor Hummer und Austern, und waren in ein so angeregtes Gespräch vertieft, dass sie uns nicht mal bemerkt haben!"

„Stimmt!" pflichtet Julius mit empörtem Schnauben bei.

„Ich sage ja, Bäumchen wechsle dich", grinst Didi. „Macht dir das eigentlich was aus?"

„Nee, wieso denn?" antworte ich im Brustton der Überzeugung, frage mich jedoch gleichzeitig innerlich, ob mich das wirklich so kalt lässt... Komisch, aber ein Fünkchen Eifersucht verspüre ich wohl doch. Noch vor ein paar Stunden wollte er mich zu einem Neuanfang mit ihm überreden... Hat er die Auswegslosigkeit seiner Versuche eingesehen? Und trotzdem... Typisch, seine neue Eroberung in eins der besten und teuersten Restaurants des Ortes einzuladen. Da war Hanno auf genau den gleichen Frauentyp wie Brunhilde hereingefallen. Manche Männer lernen es eben nie...

Ich versuche, gleichgültig zu klingen. „Schön für ihn, dass er sich so schnell über seine frische Trennung hinweg getröstet hat!"

Dann erkundige ich mich nach dem Segeltörn, und Julius beginnt zu schwärmen. Wie schnell sie durch die Wellen geschossen seien, wie perfekt sein Vater die tollsten Manöver vollbracht habe... Auch Alex fällt begeistert ein. Ich freue mich ehrlich, dass Hanno wenigstens das Verhältnis zu seinen Söhnen entschieden verbessert hat.

Auch heute wollen sie wieder zusammen los, einen Ausflug nach Arles machen.

„Wollt ihr das Amphitheater besichtigen?" frage ich interessiert.

„Bloss keine Kultur!" stöhnt Julius.

„Nee, aber da gibt es einen krassen Sportshop! Vielleicht spendiert Papi uns neue Fussballschuhe!" ergänzt Alex hoffnungsvoll.

„Und was hast du vor?"

„Ach...", versuche ich beiläufig zu klingen, „mal sehen, ich geh' wohl erstmal mit Joachim an den Strand."

„Na, dann viel Spass euch beiden!" Didi hat wieder ihr wissendes Grinsen aufgesetzt.

„Euch auch, und ruiniert euren Vater nicht total..."

„Wieso, der hat's doch!" meint Alex ungerührt und entschwindet ins Haus.


Es folgen wunderschöne, entspannte Tage. Als Frischverliebte schwebe ich auf Wolke Sieben, Joachim geht es ebenso.

Wir reiten zusammen aus, liegen eng beieinander am Strand in der Sonne, um uns dann, juchzend wie die Kinder, in die glitzernden, frischen Fluten zu stürzen. Wir schlendern Hand in Hand über den Markt oder durch die Gässchen des Dorfes oder sitzen in einem der gemütlichen Restaurants und lauschen den spanischen Klängen, die fast überall ertönen.

Die Abende enden meistens auf der Terrasse einer unserer Cabanes, wo wir reden und lachen, manchmal auch tanzen, verliebte Blicke austauschen und uns im Sekundentakt küssen...

Ich lerne Joachim immer besser kennen, schätzen und lieben. Er ist rücksichtsvoll, hat Humor und kann wunderbar zuhören.

Oft vermeine ich zu träumen, weil die Realität doch einfach nicht so schön sein kann...

Auch an diesem Abend sitzen wir bei einem Apéritif einträchtig auf seiner Terrasse und beobachten, wie sich der taubenblaue Himmel langsam golden, dann rosa färbt.

Von Zeit zu Zeit hören wir eins der Pferde schnauben oder dumpf gegen die Wand der Box poltern.

Ich seufze auf. „So müsste es immer sein!"

„Kannst du haben", lächelt Joachim.

Ein neuerlicher Seufzer. „Leider nicht, in ein paar Tagen müssen wir schon abreisen."

Ich kann es selbst kaum fassen, wie schnell diese ereignisreichen drei Wochen vergangen sind und habe bisher versucht, den Tag der Abreise zu verdrängen. Er rückt jedoch unaufhaltsam näher.

„Julchen", sagt Joachim nach kurzem Schweigen, „erwarten dich in Hamburg wichtige Termine? Du hast doch noch Schulferien, nicht?"

Ich bejahe zögernd.

„Warum bleibst du dann nicht einfach noch etwas länger, hier bei mir? Ich muss erst in vierzehn Tagen zurück."

„Bei dir?" Ich bin freudig überrascht über dieses unerwartete Angebot. „Und die Kinder?"

„Platz hab' ich doch genug, zur Not kann noch jemand auf dem Sofa schlafen."

Das Angebot klingt nur allzu verlockend, trotzdem zaudere ich. „Ich weiss nicht..."

„Bitte überleg' es dir, ich würde mich so freuen!" Joachim zieht mich in seine Arme.

Was für eine Versuchung, aber wäre das richtig?

„Ich muss das zuerst mit den Kindern besprechen", entgegne ich verwirrt. „Aber tausend Dank, du bist so süss!"

„Klar, rede in aller Ruhe mit ihnen."

**Kapitel 23**

*„Partir, c'est mourir un peu...* "[1]

Am nächsten Morgen, wir sitzen gerade am Frühstückstisch, kommt Hanno durch den Garten spaziert, wieder einmal mit Croissants und Baguette beladen, unter den Arm hat er eine Flasche Rosé geklemmt. „Zum Abschied! Ich fahre heute, habe geschäftlich in Hamburg zu tun." An die Jungs gewandt fügt er hinzu: „Aber wir gehen bald zusammen auf der Alster segeln, sowie ihr zurück seid, ok?"

„Klar, cool, Papi!" meint Julius.

„Schade, dass du schon weg musst", kommt es von Alex.

Hanno hebt bedauernd die Schultern. „Der Job..." Wie gut ich das noch kenne!

Er mustert auch mich wehmütig. „Du siehst toll aus, Julia! Du strahlst richtig von innen. Ich gönn' es dir..."

Diese unerwartete und selbstlose Bemerkung freut mich. „Danke, lieb von dir."

„Gerne. So, ich muss dann."

Die Jungs umarmen ihren Vater kurz und fest, Didi gibt Hanno, verschmitzt lächelnd, drei Küsschen auf die Wangen. „So macht man das hier!"

---

[1] aus dem Gedicht "Rondel de l'adieu" von Edmont Haraucourt 1890 ("Weggehen ist ein bisschen Sterben")

Alle lachen. Auch ich gebe meinem Ex drei Küsschen. Nicht nur das Verhältnis zu seinen Söhnen hat sich während Hannos Aufenthalt entschieden verbessert.

„Was ist eigentlich mit Britta?" fragt Alex plötzlich, als Hanno schon an der Tür steht. Dieser druckst herum „Ja, also... sie reist auch heute ab."

„So, so...", grinst Alex.

„Da kann er sie in Hamburg immer ins Atlantik-Hotel ausführen!" lacht Didi, als Hanno gegangen ist. Damit trifft sie mal wieder den Nagel auf den Kopf...

Bei unserem abendlichen Ausritt, der schon zur wunderbaren Gewohnheit geworden ist, galoppieren wir den Strand entlang und fallen dann, erhitzt und glücklich, in Schritt. Die Pferde dampfen und schnauben.

Schon den ganzen Tag habe ich hin - und her überlegt, wie ich es Joachim beibringen soll. Ich fasse mir ein Herz.

„Liebling, ich bleibe doch nicht noch länger hier." Mir ist wehmütig zumute, und auch in Joachims Miene spiegelt sich Enttäuschung.

„Weisst du, Didis Eltern erwarten ihre Tochter zurück, sie wollen noch alle zusammen in die Berge reisen." Joachim nickt verstehend.

„Ausserdem..." Ich zögere und fahre ungeschickt fort: „Ich möchte mit uns beiden von Anfang an alles richtig machen. Dazu gehört auch, es langsam angehen zu lassen, auch in Bezug auf Nähe... Mit dir und den Kindern zusammen in deiner Hütte, dazu ist es mir noch etwas zu früh." Und den Kindern auch, denke ich im Stillen.

„Julchen, du bist eine weise Frau", entgegnet Joachim mit trauriger, aber gefasster Stimme. Ich bin erleichtert, dass er kein bisschen beleidigt wirkt.

„Du hast wohl Recht." Und, lächelnd: „Aber wenn ich es hier ohne dich nicht mehr aushalte, reise ich einfach auch ab, damit musst du rechnen!"

„Damit könnte ich auch durchaus leben", lache ich. „So oder so sehen wir uns bald in Hamburg wieder."


Nun war er tatsächlich da, der Tag des Abschiednehmens... Wir hatten fertig gepackt und die Cabane in Ordnung gebracht.

Der Abschied von Kleopatra am Abend zuvor, nach unserem allerletzten Ausritt, war mir sehr schwergefallen... Wieder und wieder hatte ich ihre weichen Nüstern geküsst, hatte ihren Hals gestreichelt und ihr sanfte Worte ins Ohr geflüstert, bis Joachim schliesslich bemerkte: „Sie wird dich auch vermissen."


Pünktlich um 10.30 Uhr, wie verabredet, erscheint Madame Olivier zur Schlüsselübergabe, flott wie immer.

Mir kommt es vor, als würde ein Film zurück gespult... Scheint es mir doch wie gestern, dass wir hier voller Vorfreude angekommen sind. Und was ist inzwischen alles passiert!

Zum unerlässlichen Cowboyhut trägt Madame heute ein modisches, leuchtend blaues Batikensemble.

Wieselflink schiesst sie durch die Hütte und begutachtet zufrieden, wie schön wir aufgeräumt und geputzt haben (naja, das Meiste hatten Didi und ich vollbracht). Unsere Vermieterin erkundigt sich, ob uns der Aufenthalt denn gefallen habe. Begeistert stimmen wir ein Loblied auf die wunderschönen Ferien an. Zufrieden mustert die Madame mich eingehend.

„Madame 'Ansen, vous avez définitivement bonne mine! Sie sehen richtig gut erholt aus, anders als an dem Abend neulich, ohlala...", erinnert sie sich.

Ein wohlgefälliger Blick streift Joachim, der auch mit aufmarschiert ist.

„Daran ist wohl Monsieur schuld, hein?" Sie zwinkert mir zu. „Reisen Sie auch ab?"

„Ich halte hier noch etwas die Stellung", lächelt Joachim.

„Ah?" Sie hebt die Augenbrauen. „Bon, je m'en vais. A la prochaine, alors!"[1]

Madame Olivier ist, wie stets, in Eile.

„Ja, bis zum nächsten Jahr", erwidere ich, mit Tränen in den Augen. (Jetzt nur schön cool bleiben, Julia, ermahne ich mich. Aber ich hasse nun mal Abschiede...)

Madame umarmt und küsst erst mich, dann die Kinder und zum Schluss auch noch Joachim. Auch Bonnie wird getätschelt. „Au revoir, beau chien!"

---

[1] "Gut, ich gehe. Bis zum nächsten Mal also!"

Kaum ist unsere Vermieterin in ihr klappriges, kleines Auto gesprungen und hat mit quietschenden Reifen ein rasantes Wendemanöver hingelegt, wir haben gerade mit dem Einladen des Gepäcks begonnen, als die nächsten Besucherinnen nahen.

Marie-Anne, Brigitte und Geneviève tauchen auf, wie immer im Trio, mit bedrückten Mienen...

Traurig zwitschert Marie-Anne: „Alex, c'est si dommage que tu dois déjà partir!"

„Ich find's auch schade, aber ich komm ja wieder! Nächstes Jahr machen wir ordentlich einen drauf! On va faire la fête, d'accord?"

Alle drei küssen Alex ab. „On s'écrit sur Facebook, n'est-ce pas?"[1] vergewissert sich Brigitte.

Zum Glück gibt es die modernen Kommunikationsmedien, seufze ich im Stillen...

Geneviève wischt sich eine Träne aus dem Auge und ergänzt: „Tu vas nous manquer..."

„Ihr werdet mir auch fehlen." Alex ist ganz der Gentleman. Was wohl passieren würde, wenn er sich für eine der drei entscheiden müsste, denke ich. So oder so wird diese Entscheidung aber frühestens im nächsten Jahr fallen.

Die Mädchen verabschieden sich, jedem die Hand reichend, von uns anderen. „Allez, on y va. Wir gehen, sonst muss ich doch noch weinen." Brigitte hakt ihre Freundinnen unter.

---

[1] "Wir schreiben uns auf Facebook, nicht wahr?"

Winkend stöckeln die drei auf ihren hochhackigen Sandaletten in Richtung Dorf zurück.

Didi, vorwitzig wie immer, spricht meine Gedanken laut aus. „Welche bekommt von dir jetzt den goldenen Apfel?" „Das würde mich auch interessieren", rutscht es mir heraus.

„Ach wisst ihr, ich bin zu jung, mich schon festzulegen... In Deutschlands Norden erwarten mich auch schöne Töchter."

„Typisch Mann!" schnaubt Didi.

„Bitte?" Julius ist konsterniert. „Du bist natürlich über alle Kritik erhaben, Schatz", säuselt Didi und küsst ihren Geliebten hingebungsvoll auf den Mund.

Wir machen uns wieder ans Packen. Schon bald ist unser Ford bis unter's Dach vollgeladen... Komisch, mir scheint es jetzt viel mehr Gepäck zu sein als auf der Hinfahrt, und es stehen noch etliche unhandliche, mit Tüchern umhüllte (oder getarnte?) Bündel neben dem Auto.

Wie sich herausstellt, gehören fast alle diese Objekte unserer Einkaufsexpertin Didi.

Nach langen Verhandlungen willigt diese schliesslich schmollend ein, die heissbegehrten Errungenschaften später in Joachims Auto folgen zu lassen, da bei uns wirklich kein Mäuschen mehr Platz gefunden hätte.

Es handelt sich bei besagten Objekten um die Hufeisen-Garderobenhaken, die Hängematte mitsamt farblich assortierten Kissen („Wie in dem süssen Restaurant in Aiges Mortes!"), türkise Cowboystiefel mit passendem Hut („Ich will jetzt auch reiten lernen!"), einen riesigen rosa Metallflamingo

(„Für den Balkon!") sowie einen am letzten Tag noch erworbenen, gigantischen blauen Keramiktopf, der mit unerfindlichen Dingen gefüllt und sehr schwer ist („...um den Platz auszunutzen."). Aus der Topföffnung strömt ein ziemlich kräftiger Knoblauchgeruch, armer Joachim, der das Vergnügen haben wird, diesen auf der ganzen Heimreise einzuatmen...

Schwer beladen stapft Joachim, von Julius unterstützt, mit all diesen Dingen zu seiner Hütte.

Ich blicke mich noch einmal wehmütig im Garten um. Wie schön es hier war!

Die französische Familie ist vor ein paar Tagen auch abgereist. Im Nachbarhaus wohnen jetzt Holländer, den unverzichtbaren Anhänger am Strassenrand geparkt. Zur Familie gehören drei blonde, heranwachsende Töchter. Als Alex ihrer ansichtig wurde, hatte er anerkennend gepfiffen und bedauernd gemeint: „Schade, warum ziehen die erst jetzt hier ein, wo wir weg müssen..."

Als Joachim zurückkehrt, hält er die Hände hinter dem Rücken verborgen.

„Ich hab' hier noch was für dich, damit du mich nicht so schnell vergisst", sagt er, etwas verlegen. „Du wolltest doch so gern ein Stierkälbchen mit nach Hause nehmen."

Er drückt mir einen grossen, lebensechten Plüsch-Stier in die Arme. Ebenso entzückt wie gerührt flüstere ich unter Tränen: „Das ist so süss von dir... Den nehm' ich mit ins Bett!"

Bonnie, höchst interessiert, versucht sogleich, sich das tolle Spielzeug zu schnappen. Da wird sie wieder zum jungen, schalkhaften Hund. Schnell setzte ich den Stier auf den Fahrersitz.

„Aber der darf mit", schmollt Didi, die immer noch enttäuscht ist, dass so viele ihrer neu erworbenen Kostbarkeiten erst später folgen sollen...

„Der sitzt auf meinem Schoss!" erkläre ich, unter Tränen lächelnd, und küsse Joachim zum wohl tausendsten Mal an diesem Morgen. Nun liess sich der Abschied wohl wirklich nicht mehr länger hinausschieben...

„Also Mami, reiss dich los, wir sind startklar", drängt Alex und steigt ein.

„Ja, tschüss Joachim, bis bald in Hamburg!" Julius und Didi quetschen sich mit Bonnie in den Fond. Didi kurbelt das Fenster herunter und mahnt: „Und nichts von meinen Sachen vergessen!"

„Grosses Indianerehrenwort." Joachim versucht, gelassen zu wirken, aber ich kenne ihn inzwischen besser...

Hupend und winkend fahren wir langsam ein letztes Mal die *Avenue Riquette Aubanel* entlang. Joachims winkende Gestalt wird kleiner und verschwindet schliesslich, als wir um die Kurve bei der *Capitainerie* biegen.

Wir verlassen diesen zauberhaften Ort, aber mein Herz bleibt in der Camargue zurück, in der Camargue und bei einem wundervollen Mann, der mich schon bald, in meiner Heimat, wieder in die Arme schliessen wird.

Ich muss abreisen, aber gleichzeitig fühle ich mich angekommen!

## Schlusswort

Liebe Leserinnen und Leser

Ich empfehle Ihnen wärmstens, die Lieder, deren Titel im Buch häufig als Kapitelüberschriften verwendet werden, einmal anzuhören. Es lohnt sich, da sie inhaltlich sehr gut in die Handlung passen und die Atmosphäre lebendig werden lassen.

Viel Spass dabei wünscht Ihnen
Ihre Stefanie Carstens

### *Rondel de l'adieu (Edmond Haraucourt)*

Partir, c'est mourir un peu
C'est mourir à ce qu'on aime
On laisse un peu de soi-même
En toute heure et dans tout lieu

C'est toujours le deuil d'un voeu
Le dernier vers d'un poème
Partir, c'est mourir un peu
C'est mourir à ce qu'on aime

Et l'on part, et c'est un jeu
Et jusqu'à l'adieu suprême
C'est son âme que l'on sème
Que l'on sème à chaque adieu
Partir, c'est mourir un peu

### Rondel de l'adieu (Edmond Haraucourt)

Gehen heisst, ein bisschen sterben
Sterben an dem, was man liebt
Man verliert ein Stück Selbst
Zu jeder Stunde und an jedem Ort

Wie Trauer um einen Wunsch
Den letzten Vers eines Gedichtes
Gehen heisst, ein bisschen sterben
Sterben an dem, was man liebt

Und man geht fort, und es ist ein Spiel
Und bis zum allerletzten Abschied
Ist es die Seele, die man sät
Die man bei jedem Abschied sät
Gehen heisst ein bisschen sterben

### *Danksagung*

Ohne meinen lieben, geduldigen Sohn Juri und seine immer
während computertechnische Unterstützung wäre dieses
Buch nie entstanden. Nochmals danke!

MIX

Papier | Fördert
gute Waldnutzung

FSC® C083411

Zeitfracht Medien GmbH
Ferdinand-Jühlke-Straße 7
99095 Erfurt, Deutschland
produktsicherheit@kolibri360.de